HEINZ G. KONSALIK

Wen die schwarze Göttin ruft

W0285044

Buch

Vier deutsche Touristen irren hilflos durch die endlose, hitzeglühende Steppe Afrikas. Vor vier Tagen waren sie aufgebrochen, um Tiere in freier Wildbahn zu fotografieren, doch schon längst haben sie jede Orientierung verloren. Noch will keiner zugeben, dass die Angst immer größer wird und die Fragen immer quälender: Wo sind wir? Wie lange reicht das Wasser? Wer könnte uns retten? Doch selbst in dieser verzweifelten Lage hätten sie nie für möglich gehalten, welches Abenteuer sie wirklich erwartet: Die Gestalten kommen mitten in der Nacht, lautlos, schattenhaft. Sie tragen enge, schwarze Lederanzüge wie Schuppenpanzer. Und sie sagen kein einziges Wort – sie handeln nur …

Autor

Heinz G. Konsalik, geboren 1921, ist unbestritten der national und international erfolgreichste deutschsprachige Autor der Nachkriegszeit. Nach 1945 arbeitete Konsalik zunächst als Dramaturg und Redakteur. Seit 1951 war er als freier Schriftsteller tätig. Seit dem Roman »Der Arzt von Stalingrad« wurde jedes seiner insgesamt 155 Bücher ein Bestseller. Im Oktober 1999 verstarb Heinz G. Konsalik im Alter von 78 Jahren.

Zuletzt von Heinz G. Konsalik im Blanvalet Taschenbuch:

Dschungel-Gold (35309)
Geliebter, betrogener Mann (35107)

KONSALIK

Wen die schwarze Göttin ruft

Roman

BLANVALET

Umwelthinweis:
Alle bedruckten Materialien dieses Taschenbuches
sind chlorfrei und umweltschonend.

Blanvalet Taschenbücher erscheinen im Wilhelm Goldmann Verlag,
einem Unternehmen der Verlagsgruppe Random House

Taschenbuchausgabe August 2001
© 1976 by Heinz G. Konsalik und
Blanvalet Verlag, München,
in der Verlagsgruppe Random House GmbH
Umschlaggestaltung: Design Team München
Umschlagfoto: TIB/Rossi
Satz: DTP-Service Apel, Hannover
Druck: Elsnerdruck, Berlin
Verlagsnummer: 35449
SK · Herstellung: Heidrun Nawrot
Made in Germany
ISBN 3-442-35449-8
www.blanvalet-verlag.de

1 3 5 7 9 10 8 6 4 2

1

Sie irrten durch die Steppe, seit Stunden schon – und sie waren diesem Höllenzirkel machtlos ausgeliefert. Manchmal fuhren sie große Kreise, was man an den schneebedeckten, massigen Kuppen des Ruwenzori-Gebirges sehen konnte, die einmal vor ihnen lagen, dann wieder hinter ihnen, und es half auch nichts, dass man den Fahrer Toyo Mibubu anschrie oder in den Rücken boxte ... der kleine Bantu ließ das Steuer nicht los, sondern raste singend oder lallend weiter.

Vor drei Tagen war man in Fort Portal aufgebrochen, um Tiere in freier Wildbahn zu fotografieren: Vier Touristen, ein Reiseleiter und der farbige Fahrer Mibubu. Der Landrover, den sie gemietet hatten, war mit schwarzen und weißen Streifen wie ein dickes Zebra gestrichen, und Peter Löhres aus Köln hatte gesagt: »Jetzt müsse mer wie de Zebras mit dä Schwänz wackele ...«

Mit einer Bombenstimmung waren sie abgefahren, hatten drei Tage lang die schönsten Tierfotos gemacht – Löwen beim Spiel, Giraffen, die Krach mit einem Strauß bekommen hatten, ein Nashorn, das ohne Warnung den Landrover angriff und schnaubend hinter ihm hergaloppierte ... da werden die Verwandten und Bekannten später Augen machen, wenn man diese Aufnahmen vorführte!

Und nun das! Es begann damit, dass Reiseleiter Bret Philipps, ein blonder, hagerer, schlaksiger Engländer, der in Ostafrika geboren war, plötzlich, wie angehaucht, einen Malariaanfall bekam und in einen Schwebezustand zwischen Fieberwahn und Apathie fiel. Gleichzeitig entdeckte die kleine Reisegesellschaft, dass Toyo Mibubu ein heimlicher Säufer war, der bei jeder Rast und auch während der Fahrt einen höllischen Schnaps soff, wie die anderen Wasser oder kalten Tee mit Zitrone.

Jetzt, am vierten Tag, da Philipps fieberglühend und halb ohnmächtig hinten im Wagen lag, auf dem Stapel Decken und der zusammengelegten Zeltleinwand, nahm Mibubu keine Rücksicht mehr. Er kramte aus einem Versteck unter dem Landrover eine Tasche mit Flaschen hervor, stopfte einige in seinen um mehrere Nummern zu großen, schlodderndern Kakianzug. Jetzt konnte er den Deutschen mal zeigen, wie man in Afrika mit zwei Promille Auto fährt.

»Wir müssen zu einer Station!«, sagte Doktor Stricker. Er war Arzt, hatte die halbe Welt bereits gesehen und konnte sich an ähnliche Fälle in Indien und Anatolien erinnern. »Die paar Chinintabletten, die ich ihm gegeben habe zeigen überhaupt keine Wirkung. Philipps scheint stärkere Kaliber gewohnt zu sein. Wir müssen sofort zurück, sonst zerplatzt uns der Mann am Fieber!«

»Aber wie?« Veronika Ruppl, die Architektin – eine junge, sportliche Frau in engen beigen Jeans und halbhohen Boots –, zeigte auf den singenden kleinen Bantu am Steuer. »Machen Sie das dem da mal klar!«

»Wir müssen ihn dazu zwingen!«

»Bloß das nicht!« Albert Heimbach, der Lebensmittelhändler aus Hannover, winkte mit beiden Händen ab. »Keine Gewalt! Wir sind Gäste dieses Landes. Man könnte es sofort anders auslegen …«

»Isch hann üwer dreitausend Mark bezahlt, um Afrika zu erleben!«, sagte Peter Löhres. Sein rheinischer Humor wurde durch Mibubus Betrunkenheit nicht gebremst. »Äwwer isch han nichts bezahlt, um im Kreis zo fahre … Doktor, dä schwarze Kääl blose mer doch ömm …«

Als habe er das genau verstanden, drückte Mibubu noch mehr aufs Gas und raste nun wieder den fernen Bergen zu.

Der Wagen hüpfte, alle mussten sich irgendwo festklammern. Der fast ohnmächtige Philipps rollte hin und her und stöhnte laut. Aber sie fuhren jetzt wenigstens geradeaus, den sagenhaften Mondbergen entgegen, auf deren Gipfel den Märchen nach, die Götter Afrikas ihre Heimat haben.

»Vielleicht kommen wir so nach Ibanda«, sagte Doktor Stricker, der eine Autokarte studierte. »Gebe Gott, dass dort eine Missionsstation ist oder wenigstens ein Funkgerät, um Hilfe zu rufen.« Er beugte sich nach hinten zu Philipps. Der Engländer war überzogen mit klebrigem Schweiß, sein Körper glühte, der Atem kam stoßartig aus dem weit geöffneten Mund. »Zehn Chinin, und keine Wirkung. Als ob er Bonbons schluckt ...«

Am Himmel zog der Abend herauf. Das Blau wurde grau, dann zerteilte sich die Sonne in goldene Streifen und überzog den Horizont mit einem immer stärker werdenden Rot, als flösse unablässig Blut in die Unendlichkeit.

»Wenigstens schlafen wird er wohl«, sagte Heimbach müde und ängstlich. »Ein Neger fährt nicht gern nachts durch die Steppe ...«

Vor ihnen schritt gegen den blutenden Himmel eine kleine Giraffenherde durch das Land – langhalsige Silhouetten, wie ein Scherenschnitt auf rotem Papier. Eine wunderbare Aufnahme gäbe das ..., aber wer dachte jetzt noch ans Fotografieren? Nicht weit von ihnen trottete eine Löwenfamilie durch das harte Gras, ein Männchen mit gewaltiger Mähne, umgeben von sechs Löwinnen. Sie beachteten den hüpfenden und röhrenden Landrover nicht.

»Dä hät et jut«, sagte Peter Löhres. »Sechs Frauen! Löwe müsste man sein.«

»An was anderes denken Sie wohl nie?« Stricker wischte Philipps das verzerrte Gesicht ab. Veronika Ruppl half ihm dabei. Sie legte dem Kranken ein nasses Tuch über die nackten Beine.

»Ein altes Hausmittel.« Sie lächelte Stricker wie um Verzeihung bittend zu. »Soll das Fieber herausziehen.«

»Bei diesem Malariaanfall hilft es so wenig wie beten.«

Sie fielen plötzlich alle durcheinander, suchten irgendwo im Wagen einen festen Halt und stießen sich gegenseitig blaue Flecken. Toyo Mibubu hatte scharf gebremst. Er blickte sich mit einem breiten, besoffenen Grinsen um und sagte mit heller Stimme auf Englisch: »Stopp! Rast! Abend da! Zelt aufbauen!« Dann zog er den Zündschlüssel ab, hing ihn wie ein Amulett an einer Schnur um den Hals und stieg aus dem Wagen.

Stricker wollte ihn fest halten, aber Mibubu war schneller und ließ sich auf den Boden rollen.

»Wir müssen zu einer Station!«, schrie Stricker. »Wir müssen weiter, Mibubu! Mr. Philipps verreckt! Verstehst du? Verreckt!«

»Abend!« Mibubu zeigte in den jetzt dunkel werdenden Himmel. »Lager machen. Aus!« Er schwankte nach rückwärts, öffnete die Ladetür und zog Decken und Zeltplanen aus dem Wagen. Dabei rutschte ihm auch Philipps entgegen, ehe Stricker oder Veronika ihn fest halten konnten. Mibubu ließ Philipps einfach auf die Erde fallen und schwankte dann zu einer Schirmakazie, die Zeltplane hinter sich herziehend.

»Hier Lager!«, brüllte er. »Hier gutes Lager! Ich fahre nicht mehr in der Nacht.«

»Sehen Sie ...« sagte Heimbach. »Es stimmt, ich habe es mal gelesen.«

»Und ich habe es oft erlebt!« Doktor Stricker kletterte aus dem Landrover. »Aber das lasse ich mir nicht gefallen! Ich werde den Wagen weiterfahren.«

»Ohne Mibubu? Wollen Sie ihn allein zurücklassen?«

»Soll Philipps sterben?«

Es stand Mensch gegen Mensch, Hoffnung gegen Gewalt … vier Menschen sahen sich an und wussten keine Entscheidung. »Gut!«, sagte Stricker heiser vor innerer Erregung, »Übernachten wir hier. Aber ich stelle fest: Ich wollte weiter! Ich spreche es klar aus. Mr. Philipps befindet sich in akuter Lebensgefahr. Er hat einundvierzig-vier Fieber. Ich habe es vorhin gemessen. Wenn etwas geschieht … ich habe das Schlimmste verhindern wollen.«

»Haue mer dä Kääl doch vor die Rübe!«, sagte Löhres. Er sah hinüber zu Mibubu, der die Zeltplane entfaltete und sich dann lallend auf den Deckenstapel legte.

»Wir sollten erst das Zelt aufbauen.« Veronika Ruppl zeigte in den Himmel. »Uns bleibt nur noch wenig Licht …« Der Aufbau der beiden Zelte – eines für die Männer, eins für Veronika – dauerte über eine Stunde. Man war darin nicht geübt … das waren Arbeiten, die sonst Philipps und Mibubu ausführten. Aber dann stand das Lager. Veronika kochte auf einem Butangasherd eine Suppe aus Gemüsekonserven und Fleisch, Peter Löhres kümmerte sich um die Beleuchtung des Lagers mit den Batterielampen und den Gasbrennern. Heimbach saß bedrückt neben Philipps und sah dem Doktor zu, der mühsam versuchte, dem Fiebernden Wasser mit aufgelösten Tabletten einzuflößen.

»Ich habe noch nie einen Menschen sterben sehen«, sagte Heimbach stockend. »Muss er sterben? Hab diese Reise nie machen wollen … aber im Gesangverein, da sind sie so … haben gewettet, dass ich zu feig sei, allein nach Afrika zu fahren. Hab's ihnen zeigen wollen. Und nun das! Muss er wirklich …?«

»Wenn er die Nacht übersteht, hat er eine Chance.« Stricker ließ Philipps' Kopf zurück auf die zusammengefaltete Decke sinken. »Ab morgen Früh übernehme ich hier das Kommando. Dann ist Mibubu wohl auch wieder nüchtern. Was ich dem sagen werde, hat er noch nicht gehört!«

Später saßen sie um den Gasherd und den dampfenden

Topf, aßen bedrückt die Suppe und lauschten auf die vielstimmigen Laute der nächtlichen Steppe. Irgendwo in der Nähe heulten Hyänen, dann hörte man ein Fauchen. Hufgetrampel ließ den Boden leicht erzittern, und Schwärme von dicken Mücken umsurrten die Zelte.

Mibubu lag unter einem Baum, an den Stamm gelehnt, und schnarchte laut. Die Mücken ließen ihn in Ruhe – vielleicht stank er zu sehr nach Alkohol. Aus allen Poren quoll der Geruch. Kein Mensch dünstet so intensiv durch die Haut wie ein Neger.

»Dat erinnert misch an Karneval«, sagte Löhres. »Minge Freund Köbes, dä wor vor drei Johr als Nejer maskiert, und wie dä besoffen op d'r Trepp einschlööft …«

»Was muss eigentlich passieren, bis Sie Ihre dummen Witze lassen?«, fragte Stricker hart. »Ich schlage vor, dass jeder von uns zwei Stunden bei Philipps wacht. Verschlechtert sich sein Zustand, möchte ich geweckt werden.«

»Ich mache ihm wieder Wadenwickel«, sagte Veronika Ruppl. »Auch wenn es wenig hilft … ich will, ich muss etwas tun! Nur nicht dabeisitzen und einfach zusehen … Warum haben Sie nichts bei sich, Doktor, als Arzt …«

»Mein Reisekoffer liegt in Fort Portal. Da habe ich alles drin, was mir jetzt fehlt. Wer denkt denn an so etwas … ein Fotoausflug von vier Tagen, hundert Mal organisiert, eine glatte Routinesache. Morgen Mittag hätten wir in Fort Portal eintreffen sollen. Aber das sage ich Ihnen: Ich werde morgen Früh den Weg finden. Gibt es einen besseren und sichtbareren Wegweiser als das Mondgebirge? Da vorne, irgendwo, treffen wir auf eine ausgebaute Straße.«

»Laut Karte!« Veronika starrte in die Nacht. Diese Dunkelheit lebte, auch wenn man nichts erkennen konnte. »Wenn sie stimmt!«

»Moderne Autokarten stimmen meistens. Ich bin vor

zwei Jahren allein durch Persien gefahren – es war leichter als Freitagabend vom Münchener Stachus nach Starnberg zu kommen. Wenn Philipps bloß bis morgen Früh durchhält ...«

Die zweite Nachtwache fiel auf Peter Löhres. Er löste Veronika ab, setzte sich neben dem mit den Zähnen klappernden Philipps auf eine Decke und nickte der jungen Architektin aufmunternd zu.

»Isch hann mich daran jewöhnt«, sagte er und goss dem Fiebernden frisches Wasser über die umwickelten Beine. »Als Möbeltransporteur ... da jeht et rund. Paris, Amsterdam, Basel ... dä Nacht durch. Jeschlofe wird im Kabäußje ... hingen im Waje ...«

Veronika gab Löhres die Hand und verließ zufrieden ihr kleines Zelt. Sie hatte es Philipps zur Verfügung gestellt; sie selbst schlief auf zwei Sitzen im Landrover, in deren Zwischenraum man eine Kiste geschoben hatte.

Als sie aus dem Zelt kroch, traf sie draußen auf Albert Heimbach. Er ging unruhig hin und her, rauchte eine Zigarette, war sehr nervös und trug an einem Riemen über der Schulter ein Jagdgewehr.

»Ich kann nicht schlafen«, sagte er. »Dabei bin ich todmüde. Da ist diese verdammte Ahnung.« Er sah, dass Veronika ihn fragend anstarrte. »Ich bin aus Westfalen, aus dem tiefsten Münsterland, wohne jetzt aber seit zehn Jahren in Hannover. Und ich habe etwas geerbt, was man in Westfalen gut kennt: das Spökenkieken. Ist Ihnen das ein Begriff? Es sieht einer etwas voraus, er ahnt etwas. Das ist manchmal furchtbar. Im Mittelalter hat man so etwas als Hexer verbrannt.«

»Und heute ahnen Sie etwas?«

»Ich kann's nicht erklären.« Heimbach zog nervös an seiner Zigarette. »Ich fühle was, so etwas wie eine elektrische Spannung … es ist etwas da und doch nicht greifbar. Verrückt, was? Wir sollten uns zwingen, zu schlafen. Morgen gibt's noch einen heißen, anstrengenden Tag …«

Er warf die Zigarette weg, zertrat sie und ging hinüber zum großen Zelt.

Sie kamen gegen zwei Uhr nachts. Lautlos, schattenhaft … zwanzig große Gestalten in hautengen, schwarzen, seltsam geschnittenen Lederanzügen. Sie sahen aus, als trügen sie einen Schuppenpanzer.

Sie ergriffen zuerst den laut schnarchenden Mibubu, drückten ihm die Kehle zu und trugen ihn weg. Dann wandten sie sich dem großen Zelt zu und schoben lautlos den Eingang auseinander.

2

Veronika Ruppl, die einen leichten Schlaf besaß und lange nicht hatte einschlafen können, weil die merkwürdigen Andeutungen von Heimbach ihr nicht aus dem Gedächtnis gingen, war sofort hellwach, als die schwarz-ledernen Fremden das Zelt betraten. Sie wollte aufschreien, obgleich sie in der völligen Dunkelheit nichts sah. Aber sie spürte die Gegenwart der Gefahr. Zum Schreien kam sie nicht. Eine warme Hand legte sich auf ihren Kopf und umklammerte ihn. Nicht schmerzhaft, nicht vernichtend, sondern eher so als wolle man ihren Kopf fest halten. Sie machte sich steif. Angst und Grauen versteinerten sie ... sie blieb sitzen und der Schrei blieb ihr in der Kehle stecken.

»Ganz still sein«, sagte eine leise Stimme. Sie sprach in einem kehligen Englisch. Veronika hörte heraus, dass dies nicht die Muttersprache des Eindringlings war, aber so wie er sprach auch kein Farbiger das Englisch. Ein noch nie gehörter Grundton veränderte die Sprache, als sei sie fremd. Und trotzdem verstand man sie. »Sie brauchen keine Angst zu haben.«

»Wer ... wer sind Sie?«, stammelte Veronika. Jedes Wort war eine Qual, eingebettet in unterdrückte Panik. Jetzt wachten auch Stricker und Heimbach auf ... sie wurden gerüttelt und fuhren schlaftrunken hoch.

»Kommen Sie bitte heraus«, sagte die Stimme wieder jetzt lauter. »Es wird Ihnen nichts geschehen ...«

»Meine Ahnung!«, stöhnte Heimbach. Er zitterte vor Angst. »Ich habe das gespürt.«

Sie krochen aus dem Zelt. Draußen hatte einer der schwarzgeschuppten Männer die Batterielampe unter der ausgespannten Küchenplane angezündet ... in ihrem begrenzten Schein wirkten die Fremden noch unheimlicher – wie Wesen, die von einem anderen Stern herabgestiegen waren. Stricker starrte sie ungläubig an: dunkelhäutige Menschen mit den Gesichtszügen von Europäern. Klassisch schöne Profile, gerade Nasen, schmale Lippen und ebenso schmale Köpfe. Eine Erinnerung tauchte bei diesem Anblick in ihm auf, die er aber sofort als absurd abschüttelte: Das ergreifende Antlitz der Nofretete. Das hier konnten Brüder von ihr sein. Gesichter, wie aus dunkelbraunem Speckstein geschnitten.

»Blödsinn!«, sagte Stricker leise. »So ein Blödsinn.« Er legte schützend und beruhigend den Arm um Veronikas Schulter und wartete, was weiter geschah. Sie standen neben dem Küchenzelt, umringt von zehn schwarzledernen Männern.

Im kleinen Zelt wurde Peter Löhres, der eigentlich wachen sollte, ebenso nachdrücklich wie höflich geweckt. Er schrak hoch, als ihn jemand berührte, aber er konnte zunächst nur vor seinen Augen eine Wand aus schwarzen Lederschuppen erkennen, dann erst, im trüben Schein der heruntergedrehten Gaslampe, ein menschliches Gesicht.

»Nä, su jet«, sagte er stockend. Auch ihn ergriff plötzlich eine lähmende Angst, aber bis diese das Mundwerk eines Kölners lahm legt, braucht es eine gute Weile. »Spille mer Aquarium?« Er stand auf, und jetzt erst hatte ihn das Grauen voll erfasst. Er riss den Mund auf, zeigte mit bebender Hand auf den schlafenden, aber nach wie vor glühenden Philipps, stammelte: »Ein Kranker. Dä Mann is krank. Malaria. Wo ... wo kommen Sie denn her?«

Die Angst zerstörte sogar seinen Dialekt. Löhres sprach auf einmal tadelloses Hochdeutsch.

Der große, schwarzgeschuppte Mann winkte und zeigte auf den Ausgang. Löhres taumelte ins Freie, sah die anderen neben dem Küchenzelt inmitten einer Ansammlung unbekannter Menschen stehen.

»Er lebt noch!«, rief er dem Doktor mit etwas schriller Stimme zu. »Philipps lebt noch!«

Der Anführer der Unbekannten fuhr herum. Er rief etwas in einer fremden Sprache, und der Mann, der Löhres geholt hatte, antwortete. Dann wandte sich der Anführer wieder Stricker zu. »Wir haben keine Gewalt gebraucht«, sagte er.

»Dort im Zelt liegt ein Schwerkranker.« Stricker sprach ein gutes Englisch. »Er muss sofort in ein Hospital oder auf eine Station, wo es Medikamente gibt. Ich bin selbst Arzt, aber mit den nackten Fingern allein kann ich nichts ausrichten. Chinin hilft nicht mehr.«

»Wir werden ihn gesund machen.« Das klang ruhig und einfach, so wie man sagt: Es ist alles in Ordnung.

»Sie haben Medikamente?«, rief Stricker erlöst.

»Wir können helfen ...« Der Mann winkte. Seine Leute bildeten eine lebende Mauer vor den Zelten. Sie schienen unbewaffnet zu sein, aber was sie vielleicht unter den großen Lederschuppen verborgen hatten, ob es da Taschen gab, wusste niemand. »Kommen Sie ...«

Stricker rührte sich nicht. Er drückte Veronika fester an sich. Auf einmal spürte er die Drohung, die greifbar in der Luft lag. »Wohin?«, fragte er.

»Wir lieben keine Fragen.«

»Wir müssen zuerst unsere Sachen packen ...«

»Sie brauchen keine Sachen mehr.«

Stricker durchlief es eiskalt. Er versuchte es noch einmal. »Ich werde den Wagen fahren«, sagte er. »Und wir müssen den Kranken verladen.«

»Sie brauchen keinen Wagen.«

»Wir können doch nicht zu Fuß ...«

»Wir haben unsere eigenen Fahrzeuge ...«

»Es ist doch unmöglich, dass wir hier alles zurücklassen. Unbewacht. Wo ist Mibubu, der Fahrer?«

»Bereits auf dem Weg.« Der große, schöne Mensch hob die Hand. Die Lampen erloschen im Lager, die Dunkelheit war jetzt vollends undurchdringlich. Stricker spürte, wie Veronika heftig zu zittern begann.

»Sie brauchen nichts mehr zu bewachen«, sagte der Anführer.

»Wir haben wertvolle Ausrüstungen bei uns. Kameras ...«

»Es wird keine Bilder geben. Können wir gehen?«

»Ich protestiere!«, rief Stricker.

»Isch auch!«, tönte es aus der Finsternis. Peter Löhres tappte heran. Hinter ihm tauchten vier schwarze Männer auf. Sie trugen den röchelnden Philipps auf einer ausgespannten Decke zwischen sich.

Stricker nickte ergeben. »Also gut. Lassen wir alles zurück. Wenigstens unser Rasierzeug lassen Sie uns mitnehmen, und die Dame ihr Waschetui ...«

»Sie werden bei uns rasiert und gewaschen.« Stricker spürte, wie man ihm ohne Gewalt, aber doch fordernd eine Faust in den Rücken presste. »Gehen wir jetzt.«

»Ich habe Angst«, flüsterte Veronika und klammerte sich an den Doktor. »Ich kann keinen Schritt gehen ... ich bin wie gelähmt ... Was sind das für Menschen?«

»Keine Ahnung.« Stricker zog Veronika mit sich fort. »Ich bin viel in der Welt herumgekommen und kenne eine Menge Völker, aber so etwas habe ich noch nicht gesehen.«

Sie gingen einige Hundert Meter durch die Steppe. Als sich ihre Augen an die Dunkelheit gewöhnt hatten, erkannten sie, dass sie dem Massiv der Ruwenzoriberge zuwanderten. Vor ihnen gingen fünf schwarze Ledermänner, die anderen folgten und trugen Philipps in ihrer Mitte. Stricker fasste neuen Mut. Es war genau die gleiche Richtung, die er am Morgen gewählt hätte. Am Fuße der Mondberge gab es Stationen und eine christliche Mission, das wusste er. Sie kamen in das Gebiet des ehemaligen Neger-Kaiserreiches TORO, dessen Nachkomme, der ›Mukama‹, noch heute in einem zweistöckigen Rundpalast in Fort Portal wohnt.

Dann plötzlich sahen sie die ›Fahrzeuge‹ – merkwürdige, hochrädrige, mit Schnitzwerk versehene Holzkarren, in deren Deichseljoche kräftige Ochsen standen.

»Dä Landrover war mir lieber!«, ließ sich Peter Löhres hören. »Junge, jiebt dat ne Beschwerde!«

Stricker blieb vor den Karren stehen. Ratlos schüttelte er den Kopf. »Verrückt. So etwas! Woran bloß erinnert mich das?«, sagte er.

»An Ägypten.« Veronika tastete nach seiner Hand. »An das alte Ägypten. Die Bauernkarren zur Pharaonenzeit …«

»Stimmt! Aber wir sind einige Tausend Kilometer von den Pyramiden entfernt. Es wird immer verrückter.«

»Steigen Sie ein!«, sagte der Anführer höflich. Er half Veronika sogar auf den ziemlich hoch liegenden Wagenboden und schob dann den schweratmenden Philipps hinterher. Von einem anderen Wagen hörte man weinerliches Beten. Dort hockte Mibubu auf dem Wagenboden. Inzwischen war er nüchtern geworden und schlotterte vor Angst. Er erinnerte sich daran, dass er getauft war, und betete.

»Dat jiebt noch wat!«, flüsterte Löhres leise dem Doktor ins Ohr. Der Wagen setzte sich in Bewegung und rumpelte über den Steppenboden. Er war gut gefedert – sein Aufbau schwebte in dicken Lederschlaufen zwischen den Achsen. »Isch han minge Kleinkamera in d'r Täsch! Damit werd isch Beweise sammeln …«

»Wenn sie uns nicht filzen.«

»Jut. Dann such isch mir en ander Versteck.« Er fummelte an sich herum, aber es war zu dunkel, als dass Stricker etwas hätte erkennen können. »Jetzt find dat keiner mehr!«, flüsterte Löhres. »Oder jreifen die einem auch zwischen de Beine?«

Sie kamen erstaunlich schnell voran. Die Wände der Ruwenzoriberge wuchsen immer massiger vor ihnen auf. Als der Himmel streifig wurde und der Morgen sich ankündete, verband man den Deutschen und auch Mibubu die Augen. Nur Philipps durfte sehen, aber er sah ohnehin nichts als lauter rote Nebel, die sich drehten und drehten ...

Seit Stunden war man in Fort Portal unruhig geworden. Das Touristikbüro, das sinnigerweise neben der Polizei in einem Hause untergebracht war, hatte den vereinbarten Sprechfunkverkehr mit dem Landrover verloren. Das Letzte was aus dem Lautsprecher tönte, war Mibubus helle Stimme gewesen. Er hatte gemeldet: »Alles in Ordnung. Touristen auf Hügel fotografieren Giraffen.«

Das war eine Lüge, denn in Wirklichkeit saß Mibubu hinter dem Steuer und fuhr in der Steppe Ringelreihen. Aber wer kann das über ein Funkgerät hören? Nicht einmal Mibubus Besoffenheit war zu erraten ... er sprach immer ein bisschen kindisch.

Jetzt aber war der Funkverkehr seit Stunden unterbrochen. Die Nacht war gekommen, man rief immer wieder nach dem Landrover, bis der Touristikangestellte hinüber zur Polizei ging und den rätselhaften Vorfall meldete. Der eingeborene Polizeisergeant lachte, machte die Bewegung des Trinkens und sagte: »Was wird schon sein? Sie liegen in den Zelten, satt und zufrieden! Hier gibt es keine Räuber mehr. Warten wir ab bis morgen Früh ... dann summt es wieder in deinem Apparat.«

Aber es summte nicht. Von sieben Uhr morgens bis zehn Uhr versuchte man, die kleine Reisegruppe zu erreichen. Dann wurde selbst die Polizei nachdenklich. Sie startete ihren Hubschrauber und flog das Gebiet der Fotosafari ab.

Nach drei Stunden wusste man: In der Steppe war etwas Rätselhaftes passiert. Das Zeltlager war nicht zu finden, den wie ein Zebra gestrichenen Landrover entdeckte man auch nicht … man fand überhaupt nichts mehr! Die Steppe hatte sechs Menschen und einen Wagen verschluckt.

»So etwas gibt es nicht!«, sagte der Gouverneur des Distriktes TORO in Fort Portal, der die ersten Meldungen durchlas. »Gerade mein Gebiet ist das sicherste und ruhigste. Außerdem ist Philipps dabei. Das allein ist schon eine Garantie! Sie müssen irgendwo in einem Kral hängen. Vielleicht ein Schaden am Wagen?«

»Und warum geben sie dann keine Nachricht über Funk?«, fragte der Polizeioffizier.

»Das müssen Sie Philipps fragen, Leutnant.« Der Gouverneur neigte den Kopf. »Bitte, fangen Sie nicht wieder an mit den Terroristen! Bei mir im Gebiet gibt es keine Terroristen. Das weiß jeder!«

»Und doch verschwinden sechs Menschen und ein Auto?«

»Leutnant, ich weiß, was Sie wollen!« Der Gouverneur wischte sich über die glänzende ebenholzfarbene Stirn. Er trug die Uniform eines Generals und war vom Militär eingesetzt, nachdem durch einen Putsch die Regierung gestürzt und das Militär die Macht übernommen hatte. »Nein! Ich gebe keinen Alarm! Ich benachrichtige auch nicht das Oberkommando in Kampala! Suchen Sie zunächst weiter.«

Es stiegen an diesem Tag vier Hubschrauber auf, aber auch sie kamen ohne Ergebnisse zurück. Sie waren sogar vor einer Reihe Dörfer gelandet und hatten die Einwohner verhört. Keiner hatte einen Landrover gesehen, keiner fünf weiße Touristen.

Die Luft über der Steppe flimmerte vor Hitze.

»Das Oberkommando in Kampala«, sagte der Gouverneur am Nachmittag zu seinem Adjutanten. »Lassen Sie sich sofort General Simo Khali geben. Dringend!« Dann wartete er, bis das Gespräch vermittelt wurde, und sagte stockend: »Simo, mein Freund, ich brauche einen Rat. In meinem so ordentlichen und friedlichen Distrikt sind sechs Menschen und ein Auto spurlos verschwunden. Deutsche Touristen. Ja, du hast Recht – das ist eine große Scheiße. Ich habe meine Militäreinheiten schon in Alarm gesetzt. Man muss verhindern, dass das an die Öffentlichkeit kommt. Völliges Schweigen. Aber das sage ich dir: Ich kämme dieses Land durch, als müsste ich einen Käfer suchen. Und ich finde sie, und dann rollen die Köpfe!«

Es rollte vorerst kein Kopf, und die Presse hatte es schon längst erfahren. Ein Mr. Price, Korrespondent der *Sunday Times,* hörte durch Zufall mit, wie der Leiter des Touristikbüros in Kampala die schreckliche Nachricht erhielt.

Über die Leitung der britischen Botschaft gab er diese Sensation an die Welt weiter: Vier deutsche Touristen, ein englischer Hunter und ein eingeborener Fahrer samt ihrem Landrover in der Steppe spurlos verschwunden. Sogar die Namen konnte er nennen ... sie waren in der Gästeliste des Silver Springs-Hotels eingetragen.

In Kampala trat ein kleiner Kriegsrat zusammen. Gab es vielleicht doch eine Guerilla-Organisation zwischen Albert- und Edward-See?

Wieder stiegen die Hubschrauber auf und suchten das Gebiet ab. Es war eine friedliche Steppe: herumziehende Tierherden, kleine umzäunte Dörfer, fleißige Bauern auf den Äckern. Nomaden mit ihrem Vieh ... und einige kleine Ochsenkarren, die harmlos durch das hohe Gras zockelten.

Die Hubschrauber flogen darüber hin und drehten ab. Nichts!

In den Karren lagen Stricker, Veronika, Löhres und

Heimbach gefesselt und mit verbundenen Augen unter einer Schicht von Gras. Sie hörten den kreischenden Lärm der Hubschrauber und konnten nichts weiter tun, als hilflos gegen den Wagenboden brüllen.

3

Sie rumpelten drei Tage lang durch die Steppe und später – sie merkten es an dem heftigen Gestoße und den vielen harten Schlägen gegen die großen Räder – über eine mit Geröll übersäte Straße. Es ging bergan, die Fahrt wurde langsamer, die Ochsen schnauften, Peitschen knallten, ein paar Mal mussten sogar die unbekannten Männer nachhelfen, indem sie an den Speichen die Wagen vorwärts drückten.

Das alles konnten sie nur hören. Bei den Raststunden band man ihnen die Fesseln ab. Aber die Augenbinden wurden nicht gelockert.

»Bitte, versuchen Sie nicht, zu sehen«, sagte der höfliche Anführer zu den Deutschen. »Mibubu war ungehorsam. Ein dummer Mensch!«

»Was haben Sie mit Mibubu gemacht?«, fragte Stricker.

»Er ist schon begraben.«

»Sie haben ihn kaltblütig umgebracht?« Stricker spürte wie neben ihm dieser Albert Heimbach begann, seine Nerven zu verlieren.

Wie ein kleines Kind schluchzte Heimbach: »Was haben Sie mit uns vor?«

»Er wollte sehen. Versuchen Sie nicht, früher zu sehen als bis wir Ihnen die Sonne wieder zeigen. Ungehorsam erzürnt die Götter ...«

Stricker lehnte sich zurück an die Seitenbretter des Wagens. Sie durften jetzt sitzen, bekamen zu trinken – lauwarmes, gesäuertes Wasser – und wurden wie hilflose Kinder mit warmen Fleischstückchen gefüttert. Es war Lammfleisch. Stricker schmeckte es sofort.

Die Götter zürnen, dachte er, während er kaute. So ein

altertümlicher Satz plötzlich in einer modernen Sprechweise!

Oder war es nur so dahergesagt – ein Allerweltsspruch?

Geräusche. Füßeschaben. Veronika kam in den Wagen zurück. Sie hatte den entehrenden Gang hinter sich, irgendwo, in Begleitung, ihre Notdurft zu verrichten. Sie setzte sich neben Stricker, und er hörte, wie sie durstig trank.

»Wir sind im Gebirge«, flüsterte sie ihm zu, indem sie so tat, als lehne sie sich zurück. »Ich konnte eben ein bisschen durchgucken ... durch einen Ritz. Wir sind mitten im Gebirge.«

»Hier suchen uns keine Hubschrauber mehr. Wenn ich nur wüsste, was das alles bedeutet? Es ist keine Diebesbande, denn sonst hätte man uns beraubt oder sogar erschlagen. Aber nein, sie schleppen uns durch die Gegend. Darauf finde ich keine Erklärung.«

Er hob beide Arme und winkte. Die Stimme des Anführers kam näher.

»Was wollen Sie?«

»Wie geht es Mr. Philipps?«

»Er ist fast fieberfrei. Wir haben ihm eines von unseren Mitteln gegeben. Er ist noch sehr schwach und schläft viel.«

»Wie heißt dieses Mittel?«

»Wir nennen es: Saft aus der Eisblume. Es löscht alle inneren Feuer.«

»Danke.« Stricker lehnte sich zurück. Er wartete, bis sich die Schritte entfernt hatten. »Haben Sie das gehört, Veronika?«, fragte er dann leise. »Saft aus der Eisblume. So etwas sagt ein gebildeter Mann wie unser Obergangster. Das klingt, als käme das von einem Arzt des Ptolemäus. Verrückt, was?«

»Auch die Karren sind altägyptisch. Ich kenne das vom Studium der Stilkunde her«, sagte Veronika und lehnte sich an Stricker.

»Dagegen gab es Lederuniformen bei den Soldaten des Xerxes ...« Stricker fasste Veronikas Hand und drückte sie. »Nicht verrückt werden, Veronika. Wir müssen uns zwingen, ganz klar zu denken. Einmal werden sie uns die Binden abnehmen, und dann sehen wir klarer.«

Am Einstieg des Wagens gab es wieder Krach mit Peter Löhres. Er kam vom »Spaziergang nach Urinhausen« – wie er es nannte – zurück und protestierte. »Isch kann nit auf Kommando!«, brüllte Löhres. »Fragens d'r Doktor, dä hätt dafür dat richtige Wort!«

Es half nichts ... Löhres musste einsteigen, und die Fahrt ging weiter. Der Weg schien jetzt steiler zu werden. Die Hufe der Ochsen klackten laut auf dem Gestein, die Räder knirschten über Fels. Nach einigen Stunden hielt man wieder an, und alle mussten aussteigen. Es war merklich kühler geworden. Der Wind rauschte in den Bäumen ... es schienen riesige Stämme zu sein mit weit ausladenden Kronen.

Die Gefangenen wurden jetzt auf beiden Seiten von einem Mann untergehakt und zu Fuß weitergeführt. Es war ein mühseliger Marsch über eine vermutlich sehr schmale in den Felsen gehauene Straße, denn der Anführer sagte laut: »Gehen Sie immer so, wie Sie geführt werden. Jeder Schritt zur Seite ist Ihr Tod.«

Das genügte, um bei Heimbach wieder ein leises Jammern hervorzurufen. Er hing zwischen seinen beiden Führern und ließ sich mehr tragen, als dass er auf eigenen Beinen ging.

Dann senkte sich der Weg wieder, man hatte wohl die höchste Stelle überwunden. Die Luft wurde wieder wärmer und der Untergrund bequemer. Stricker tastete mit den Füßen vorsichtig den Boden ab.

»Eine planierte Straße«, sagte er zu Löhres, der vor ihm ging. »Merken Sie das auch?«

»Dat is mir ejal. Isch muss seit drei Stunden op de Lokus, äwwer keiner lässt misch ...«

Plötzlich blieben sie stehen. Die Augenbinden wurden ihnen abgerissen. Das plötzliche Licht blendete sie, sie kniffen die Lider zusammen und blinzelten in den leuchtenden Tag. Es dauerte ein paar Sekunden, bis sie ihre Umgebung erkannten ... aber dann überwältigte sie der Anblick dermaßen, dass sie stumm und wie gelähmt auf der sich senkenden Straße standen.

»Das ist doch nicht möglich ...« sagte Stricker. »Das gibt es doch nicht!«

»Ein Bild wie aus einem Märchenbuch«, stammelte Heimbach.

»Äwwer sie leben!« Peter Löhres wischte sich über die Augen. »Nä su jet ...«

Vor ihnen, in einem Kessel, dessen Seiten von schroffen Felswänden gebildet wurden, stand – bizarr, unwirklich, himmelwärts aufsteigend und übersät mit Gärten und Feldern, die in Terrassen angelegt waren – eine Stadt aus Tempeln und pyramidenartigen Häusern. Riesige Treppen führten zu den Säulenhallen der Tempel hinauf, hohe Mauern umgaben heilige Bezirke, in den Straßen und auf den Terrassenfeldern wimmelte es von Menschen. Wäsche flatterte auf den Balkonen der Pyramidenhäuser, Karren mit Ochsen und Eseln rumpelten über die Wege. In der Mitte dieser Stadt erhob sich ein besonders prachtvolles Haus, durch breite Treppen und überdachte Gänge mit dem gewaltigen Stufentempel verbunden. Eine dünne Rauchfahne quoll aus der kleinen Säulenhalle, dem höchsten Bauwerk der Stadt.

»Unglaublich«, stammelte Stricker. »Einfach unglaublich! Das erinnert mich an ein Bild aus einem Kunstbuch – Rekonstruktion der Tempelstadt von Saba ...«

»Ägypten im Jahre Dreitausend vor Christus«, sagte Veronika Ruppl leise. »Gemischt mit der Stufenarchitektur der Mayas und Inkas. Und das bei uns, heute? Wo sind wir bloß?«

»In der Hochblüte einer Kultur des Altertums.« Stricker konnte kaum sprechen vor Erregung. »Oder ein grandioser Touristenrummel, größer als Disney-Land!«

»Und keiner weiß davon?«, stotterte Heimbach. »Man führt uns gefesselt und mit verbundenen Augen hin?«

»Herr Heimbach hat Recht.« Veronika zeigte ins Tal. »Das ist echt. Diese massiven Mauern, dieses Leben ... wir sind um fast viertausend Jahre zurückversetzt worden.«

»Blödsinn!« Löhres klopfte an seine Stirn und starrte dann wieder ins Tal. »Es bleibt.« Er sprach wieder hochdeutsch, was seine Fassungslosigkeit bewies. »Das ist keine Fata Morgana. Das ist wie im Film Kleopatra. Nur noch doller!«

Stricker konnte sich vom Anblick der großen Stadt und der Felsterrassen kaum losreißen. Über dem Loch, das die sich wölbenden Berge zum Himmel frei ließen, lag eine Wolkendecke. Es war, als lebe diese Stadt in einer riesigen Kugel aus Felsgestein. »Wo sind wir?« Er ging hinüber zu dem Anführer. Die anderen Männer stiegen bereits in die Stadt hinab. Sie nahmen Philipps auf einer Trage mit. Nur der Anführer stand noch da, wartend und die Weißen betrachtend. Sie brauchten nicht mehr bewacht zu werden ... von hier gab es keine Flucht mehr. Stricker packte ihn am Arm.

»Das ... das ist doch alles echt?«

»Es ist meine Heimat.«

»Die Menschen ...«

»Unser Volk.«

»Mein Gott, wo sind wir hier?«

»In Urapa.«

»Was ... was ist Urapa?«

»Das auserwählte Volk der Götter.« Der dunkelhäutige

schöne, stolze, hoch gewachsene Mann zeigte auf die Stadt. »Gehen Sie voraus! Jetzt dürfen Sie schauen. Es ist eine letzte Gnade.«

Stricker spürte wieder den eisigen Strom durch sich rinnen. Er nahm Veronika fest bei der Hand und ging langsam mit ihr hinunter nach Urapa. Viertausend Jahre zurück in die Menschheitsgeschichte.

In Kampala tagte noch immer der Krisenstab, obgleich man die Suche nach den verschwundenen deutschen Touristen aufgegeben hatte. Man hatte systematisch das Gebiet von TORO durchgekämmt, die Bewohner verhört, manchmal nicht gerade sanft. Aber auch Schläge mit der Nilpferdpeitsche brachten nicht zu Tage, ob es hier Guerillas gab oder ganz raffinierte Räuber. Der Landrover mit seinen Insassen blieb verschwunden.

Dafür hatte die Weltpresse ihre neue Sensation. Reporter aus allen Ländern flogen nach Kampala, interviewten, kabelten die amtlichen Texte und eigene Beobachtungen ihren Zeitungen, suchten in der Steppe mit … das Geheimnis wuchs mit jedem Tag. Eine Woche lang lebten die Zeitungen von dieser Sensation, dann fiel sie in sich zusammen und wurde von anderen Aktualitäten überrollt.

Am siebten Tag nach dem Verschwinden der Touristengruppe landete auf dem Flugplatz Entebbe eine Maschine der Sudan Airways. Der Boeing entstieg mit einigen Arabern und eleganten farbigen Geschäftsleuten ein großer, sportlicher, braun gelockter Mann. Er stieg in das wartende Miettaxi und fuhr nach Kampala. Dort war für ihn ein Zimmer im Hotel Apollo reserviert. Er zog sich um, erledigte ein Telefongespräch und ließ sich eine halbe Stunde später in die Stadt fahren. General Jakob Bikene empfing ihn sofort und drückte ihm herzlich die Hand, obwohl er ihn zum ersten Mal sah.

»Ich kann Ihnen leider nicht helfen, Herr Doktor Huber«, sagte er dann und ließ eisgekühlten Orangensaft servieren. »Was die Zeitungen melden, ist leider wahr: Es gibt keine Spur.«

»Sechs Menschen können nicht einfach verschwinden!«

»In Afrika schon.«

»Fräulein Ruppl ist meine Verlobte – – –«

»Sie haben es geschrieben.« General Bikene nickte und blätterte in einem dünnen Schnellhefter. »Sie selbst sind Arzt – Chirurg an der Universitätsklinik in München. Oh, München. Schöne Stadt. Bier, Hofbräuhaus. In München steht ein …«

»Ich will meine Braut auf eigene Kappe suchen …« unterbrach Doktor Huber den fröhlichen General.

»Unmöglich, Herr Doktor!« Bikene wurde ernst. »Das kann ich Ihnen nie erlauben!«

»Haben Sie etwas zu verbergen?«

»Wir? Aber nein!« Bikene schlug mit der flachen Hand auf den Tisch. »Die internationale Presse hat sich überzeugen können, dass das Gebiet von TORO guerillafrei ist. Es gibt keine Untergrundorganisation bei uns.«

»Und trotzdem verschwinden Menschen. Ist das nicht merkwürdig?«

»Sehr merkwürdig sogar.« General Bikene wischte sich über seinen runden Glatzkopf. »Das ist es ja. Das Unerklärliche … Wir mussten das Gebiet deshalb sperren, für jedermann … bis wir eine Erklärung gefunden haben, eines Tages …«

»Dabei will ich mithelfen.« Alex Huber sprang auf. »Ich war schon vier Mal in Ihrem Land. Nur auf meine begeisterten Erzählungen hin ist Veronika mit der Fotosafari gefahren. Ich kenne mich hier aus.«

»Ich weiß, Herr Doktor.« Bikene blätterte wieder in seinem Schnellhefter. »Sie haben unter Präsident Obote sogar ein Jahr im Hospital von Jinja gearbeitet. Wir wissen alles. Trotzdem. Die Regierung kann Ihnen keinen Schutz gewähren.«

»Ich schütze mich selbst, General.«

»Es kann sich keiner um Sie kümmern, Doktor.«

»Ich bin allein vielleicht auch am stärksten.«

Bikene zögerte. Er starrte in sein Saftglas und nickte. »Machen Sie, was Sie wollen. Ich gebe Ihnen einen Durchlassschein ... für die Militärsperren. Was Sie dann in TORO machen, ist Ihre Sache. Wer weiß, dass Sie hier sind?«

»Niemand.«

»Keine Zeitung?«

»Keine.«

Bikene atmete auf. Er schien große Angst vor der Presse zu haben. Noch ein verschwundener Europäer ... dies hätte sein Image schwer angekratzt. »Ziehen Sie los!«, sagte er und drückte Huber die Hand. »Und wenn auch Sie verschwinden ... ich habe Sie nie gekannt!«

Am nächsten Morgen kaufte sich Alex Huber einen alten, verbeulten Jeep, den die Armee abgestoßen hatte, versorgte sich mit allem, was man für eine lange Safari braucht, und steckte in seine Arzttasche vor allem die notwendigen Tropenmittel. Er brach am nächsten Morgen, kurz nach Aufgang der Sonne, in die Steppe auf.

Bis nach Fort Portal waren es knappe zweihundert Meilen auf der Staatsstraße A 109.

Ein Mann war allein unterwegs, das größte Rätsel Afrikas zu lösen.

4

Zweihundert Stufen führten hinauf zum Palast. Sie waren fünfzig Meter breit und verjüngten sich nach oben bis auf zehn Meter. Hier stand – auf einem Plateau, von einer hohen Mauer umgeben – wie eine Trutzburg der Palast. Ein tempelähnliches Gebilde, rundum mit einer Säulenkolonnade umgeben ... Säulen, geschlagen und rundgeschliffen aus dem Urgestein dieser Felsen. Hinter dem Palastberg schob sich drohend der mächtige Klotz der heiligen Pyramide empor in den verhangenen Himmel. Auch hier eine wuchtige Treppenfront. Wer sie emporging, hatte das Gefühl, die Wolken zu ersteigen.

»Ich lebe immer noch wie in einem Traum«, sagte Stricker. Sie hatten die Nacht in einem »Gästehaus« verbracht, so jedenfalls hatte es ihr Anführer erklärt. Aber da man sie eingeschlossen hatte und die Zimmer keine Fenster aufwiesen, war man sich klar darüber, dass »Gast« nur der höflichere Ausdruck für »Gefangener« war.

Philipps hatten sie aus den Augen verloren. »Er liegt in einem unserer Krankenhäuser«, sagte der Anführer. »Er kommt wieder zu Ihnen zurück.«

»Krankenhäuser!« Stricker versuchte, in ein persönliches Gespräch mit diesem Mann zu kommen. »Kann man eins besichtigen?«

»Sie werden noch vieles sehen, bis die Sonne erlischt«, antwortete der Mann und schloss seine Schützlinge ein.

Stricker atmete tief auf. Das war wieder so eine blumige Rede – sie passte in diese Umgebung, aber sie konnte auch eine Drohung sein. »Bis die Sonne erlischt ...« Er schielte zu Veronika hinüber. Sie saß auf einer der Steinbänke, über die man Felle gelegt hatte und die offensichtlich Schlafstätten sein sollten. Löhres lief herum wie ein eingesperrter Hund, Heimbach hockte apathisch, völlig passiv und mit leeren Augen auf seiner Bank, die Hände zwischen den Knien gefaltet.

»Ich habe die Goldschmiede gesehen«, sagte Veronika plötzlich. »Sie arbeiten mit den gleichen Instrumenten wie vor viertausend Jahren. Die Steinmetze auch. Und für Bauten werden die Steine mittels Seilrollen an Schrägen hochgezurrt ... ein lebendes Bilderbuch des Altertums. Mitten unter uns. Jeder wird uns für übergeschnappt halten, wenn wir das später erzählen.«

»Ich bin schon halb verrückt!«, sagte Heimbach dumpf. »Ich ahne etwas.«

»Er hat so etwas wie das Zweite Gesicht«, flüsterte Veronika dem Doktor zu. »Er hat auch den Überfall geahnt.«

»Und was sehen Sie jetzt?«, fragte Stricker.

»Blut. Viel Blut.«

»Dä Kääl is tatsächlich verdötscht!«, rief Peter Löhres. Sein Kölner Humor half nichts mehr ... es hing eine gedrückte, geladene Stimmung über ihnen, die auch nicht besser wurde, als zwei schweigsame Männer ihnen das Essen brachten. Einen Gemüsebrei, der – wie Löhres sagte – schon »vorverdaut« aussah, aber trotzdem köstlich schmeckte. Dazu eine Kanne mit gesäuertem Wasser, das wunderbar erfrischte, und ein Stück Brot für jeden, das dem deutschen Vollkornbrot glich, aber nach Malz schmeckte.

Am nächsten Morgen erschien ein Mann, der ein Bruder des lederschuppigen Anführers sein konnte. Er war wie dieser groß, schlank, mit einem schmalen, geradezu schönen Kopf und einer Hautfarbe zwischen Braun und Bronze. Statt der Lederuniform trug er ein wallendes Gewand, mit Goldfäden durchwirkt, und auf dem Kopf eine Art steifer Mütze, die wie eine umgestülpte Pyramide aussah.

Die Vorderseite war mit Goldplättchen verziert, zwischen denen geschliffene Bergkristalle blitzten.

»Dombono, my name«, sagte der Mann in einem harten Englisch. »Ich heiße Dombono. Wo kommen Sie her?«

»Aus Deutschland.« Stricker war der einzige, der noch ruhig antworten konnte. Heimbach hatte die ganze Nacht von seinen »Gesichtern« gefaselt, Löhres begann den starken Mann zu spielen, und hämmerte seit zwei Stunden gegen die verschlossene dicke Bohlentür, und Veronika hatte begonnen, mangels Papier auf die Rückseite ihres ausgezogenen Unterhemds und mit einem Bleistift zu skizzieren was sie gesehen hatte: Das Tal, einen Überblick über die Stadt Urapa, die Pyramiden, die Tempel mit den riesigen Treppen, die Kleidung der Urapaner.

Die Minikamera, die Löhres mitgebracht hatte, war eine Pleite … er hatte nur noch drei Bilder drauf, und es war bei der Bewachung völlig unmöglich, sie hervorzuholen und unbemerkt Aufnahmen zu machen.

»Deutschland? Wir haben schon etwas davon gehört.« Dombono nickte. »Folgen Sie mir. Die Königin und Göttin will Sie sehen …«

Das war vor einer halben Stunde gewesen. Jetzt stiegen sie langsam die riesige Treppe zum Palast hinauf, kamen an einigen Wachen – alle in der Schuppenlederkleidung – vorbei: lauter Menschen mit braunbronzener Haut, aber ohne negroide Züge. Sie erreichten endlich keuchend den von Säulen getragenen Eingang.

Löhres stützte sich auf Stricker, während sich Heimbach einfach auf die letzte Stufe setzte. »Zweihundert Stufen!«, sagte er. »Mir zittern die Knie. Das ist Mord!«

»Das ist nur der Anfang«, stammelte Löhres. »Warum begreift das keiner? Hier kommen wir doch nie wieder weg!«

»Mit welchem Recht sollten sie uns hier fest halten?«, sagte Stricker.

»Recht! Glauben Sie noch an Recht, Doktor?« Heimbach tippte an seine Stirn. »Niemand weiß von dieser Stadt … und ausgerechnet uns soll man wieder freilassen, damit wir draußen allen davon erzählen! Das sind hier doch keine Selbstmörder, Doktor!«

»Herr Heimbach hat Recht«, sagte Veronika leise. »Sie haben uns in ein Geheimnis hineingeführt … wir werden in diesem Geheimnis bleiben müssen.«

Dombono, der mit einem Offizier der Palastwache gesprochen hatte, kam zurück und winkte.

Sie betraten eine fast leere, riesige Halle, gingen durch Türen, die nur mit Vorhängen geschlossen werden konnten, und überall sahen sie an den Wänden aus geschliffenen Steinblöcken Göttersymbole hängen, aus Gold getrieben. Ein Bild kehrte immer wieder: Ein Menschenkörper, auf dessen Schultern ein dem Adlerkopf nachgebildetes Haupt ruhte. Der wilde Vogelkopf hatte den scharfen gebogenen Schnabel geöffnet, und dieser hielt ein Gebilde fest, das wie eine Wolke aussah.

Stricker nagte an der Unterlippe. »Es gehört wenig Fantasie dazu, darin einen Regengott zu erkennen«, sagte er rau. »Regen! Natürlich, das ist für sie hier das Wichtigste. Regen und Wärme … dann wächst alles auf den Terrassenfeldern. Ohne Regen käme es zur Katastrophe.« Er schwieg plötzlich, weil er an die furchtbaren Menschenopfer denken musste, die vor Zeiten die Mayas und Inkas gerade dem Regengott dargebracht hatten. Es war viel darüber geschrieben worden … bei Ausgrabungen hatte man unterhalb der Tempel breite Gruben voll von Gerippen gefunden.

»Die Königin und Göttin Sikinika«, sagte Dombono feierlich. Er teilte einen schweren, golddurchwirkten Vorhang und ließ die Gefangenen eintreten. Eine gewölbte Halle empfing sie, fensterlos, nur erhellt von vielen Fackeln, deren flackernder Schein sich in den goldbelegten Wänden brach. Das alles blendete ungemein. Stricker legte die Hand über die Augen, Löhres und Heimbach kniffen die Lider zu.

»Da sitzt sie«, flüsterte Veronika zitternd. »Da! Direkt vor uns, fünf Stufen höher ...«

Jetzt hatte auch Stricker sie erblickt. Jeder Ton blieb ihm im Halse stecken.

Das war das alte Ägypten, das war der Thron der Pharaonen, und die schlanke Frau, die dort saß, unbeweglich, mit einem hellbraunen, starren Gesicht, aus dem nur die dunklen kalten Augen sprachen ... es war die Verkörperung eines Gottkönigtums, wie es in dieser Vollendung nur am Nil, vor viertausend Jahren, möglich gewesen war.

Das Alter der Frau war nicht zu bestimmen, auch ihre Haarfarbe nicht ... Sie trug um den schmalen Kopf einen dichtgewebten goldenen Schleier, der nur das Gesicht freigab, ähnlich wie bei einer Nonne.

Dombono war zurückgeblieben. Er sagte etwas in einer klangvollen Sprache, dann gab er Stricker einen Stoß in den Rücken, so dass dieser das Gleichgewicht verlor. Stricker taumelte ein paar Schritte, fing sich dann aber wieder und blieb vor den fünf Stufen zum Thron stehen. Hinter sich hörte er Albert Heimbach leise jammern.

»Ich wollte euch nur sehen«, sagte Sikinika plötzlich. Ihre helle, mädchenhafte Stimme war der denkbar größte Kontrast zu dem feierlichen Prunk um sie her. Aber diese Stimme war kalt – sie klang, als schlage man mit einem Hammer auf Metall. Stricker zuckte unwillkürlich zusammen. Sie hat Französisch gesprochen, durchfuhr es ihn. Es wird immer verrückter. Eine Göttin, die Französisch spricht! Das verwirrte ihn völlig, und statt zu antworten, nickte er bloß.

»Es hat seit drei Monaten nicht mehr geregnet«, sagte

Sikinika langsam, und jedes Wort war wie ein Stück Eis das über nackte Haut rollt. »Die Felder verdorren, die Menschen hungern. Die Götter müssen versöhnt werden durch ein außergewöhnliches Opfer. Zehn Jungfrauen haben sie schon angenommen. Aber sie schweigen noch immer. Euer Tod wird sie versöhnen. Der große Regen wird kommen und Urapa retten.«

Stricker schluckte, die Kehle krampfte sich ihm zusammen. Hinter sich spürte er den Atem des keuchenden Löhres.

»Wat sacht sie?«, flüsterte dieser dem Doktor zu.

»Wir sollen getötet werden.«

»Dafür hann isch die dreitausend Mark äwwer nich bezahlt ...«

»Verdammt – es wird ernst jetzt!« Stricker starrte die Gottkönigin an. Sie blickte über ihn hinweg ... eine herrliche, faszinierende Gestalt, ein lebendes Götterbild, unnahbar für alles Irdische.

»Wann?«, würgte Paul Stricker hervor. Er musste etwas sagen, und wenn es das Dümmste war ... mit dieser Frau ums Leben zu schachern war sinnlos.

»Der Gott wird sprechen.« Wieder die helle, kalte Stimme.

Stricker nahm all seine Kraft zusammen. »Das ist Mord!«, rief er.

»Ein Götteropfer ist nie ein Mord! Warum seid ihr nicht glücklich, Urapa retten zu dürfen?«

»Das ist wohl ein bisschen viel verlangt. Außerdem wird man uns suchen und dann Urapa endlich entdecken.«

»Niemand vermisst euch!« Sikinika blickte starr über Stricker hinweg. »Und niemand wird Urapa betreten, der nicht hier geboren ist. Sie suchen euch nicht mehr. Die Riesenlibellen sind vom Himmel verschwunden. Die Götter haben euch auserwählt ...«

Sie gab Dombono ein Zeichen. Dieser packte Stricker wieder am Arm und drehte ihn herum. Peter Löhres' bleiches Gesicht tauchte auf, dahinter der hohläugige Heimbach, dann Veronika – kreideweiß und mit bebenden Lippen.

»Veronika ...« sagte Paul Stricker stockend.

Sie nickte. »Ich habe alles verstanden. Ich kann französisch. Ich ... ich ...« Sie warf plötzlich die Arme um seinen Hals, drückte sich an ihn und weinte bitterlich.

»Das Weib kann leben!«, ertönte hinter ihnen die kalte Stimme. »Der Gott nimmt nur eine Jungfrau an.«

»Wenigstens Sie sind gerettet«, sagte Paul Stricker heiser. »Veronika, nehmen Sie alle Kraft zusammen. Uns steht noch bevor, Löhres und Heimbach das alles zu erklären. Und es gibt noch eine große Hoffnung ...«

»Wirklich?«

»Regen! Wenn es in den nächsten Tagen regnet, sind wir gerettet ...«

»Aber man lässt uns nie wieder weg aus Urapa ...«

»Das ist eine andere Sache. Darüber wollen wir erst nachdenken, wenn es geregnet hat.«

Hinter der Tür mit dem Goldvorhang wurden sie von sechs Wachen übernommen und aus dem Palast geführt. Dombono war zurückgeblieben und stand demütig vor seiner Königin.

»War das der Arzt?«, fragte Sikinika.

»Ja, Göttin.«

»Er sieht klug aus. Ob er helfen kann?«

»Wer weiß das, o Göttin?« Dombono senkte den Blick. »Seinem kranken Gefährten konnte er nicht helfen – ihm haben unsere Kräuter geholfen.«

»Vielleicht kann er die Krankheit nennen?«

»Auch er wird sagen: Wir müssen den Körper aufschneiden.«

»Keiner rühre ihn an!« Die kleine Hand Sikinikas schlug auf die Thronlehne. »Die Schmerzen werden immer größer jeder Schritt wird zur Qual! Warum sind die Ärzte so unwissend? Was vermögen sie denn – außer ihrem weisen Gerede?« Ihr starres Gesicht wurde noch ausdrucksloser. »Ich will den fremden Arzt allein sprechen, nach Sonnenuntergang. Und die anderen hängt, in Käfigen, an die Tempelmauer!« Sie beugte sich vor, und zum ersten Mal flog ein Zucken um ihre schmalen Lippen. »Wird es regnen, Dombono?«

»Nach dem Opfer bestimmt, o Göttin.« Dombono ging rückwärts aus dem Saal.

Als der schwere Vorhang wieder zurückfiel, lehnte sich Sikinika zurück und legte die Hände flach auf ihre Brüste.

»Lass ihn klüger sein als die anderen Ärzte«, sagte sie leise. »Lass ihn klüger sein ...«

5

Drei Tage lang irrte Alex Huber durch die Steppe. Nachdem er die Militärkontrollen dank seines Passierscheines vom Oberkommando glücklich hinter sich hatte, schien er der einzige Mensch in diesem weiten, schönen Land zu sein. Antilopenherden jagten vor ihm durch das Gras, Giraffen staksten majestätisch zu den Wasserstellen, ein paar Löwenfamilien lagen satt und faul im Schutze breitkroniger Bäume und genossen den Schatten. Gnus zogen äsend in langer Reihe über die Steppe. Im Südwesten ragte das Massiv der Mondberge in den fahlblauen Himmel.

Alex Huber blieb ein paar Mal mit seinem klapprigen Jeep stehen und machte sich Zeichen in die Autokarte, von der General Bikene gesagt hatte, sie sei ziemlich genau. Auf diese Karte hatte Alex mit Rotstift die Route eingetragen, die schon hundert Mal von Touristengruppen passiert worden war ... der Standardweg aller Fotosafaris; ungefährlich – eine Piste, die selbst schon verschiedene Tiere kannten und zutraulich heruntertrotteten, weil das »Wildfüttern« ja nur eine harmlose Attraktion für die ausländischen Kamerajäger war.

General Bikene hatte nicht übertrieben ... das Militär hatte wirklich überall gesucht. Die Spuren der Geländewagen waren noch in den trockenen Boden eingedrückt, die Fahrrillen im Gras deutlich sichtbar. Das harte Gras, seit Monaten ohne Regen, war überall geknickt und leblos. Hier gab es keine Geheimnisse mehr – das war eine Erkenntnis, die Alex Huber von Stunde zu Stunde unruhiger werden ließ.

Sechs Menschen und ein Landrover können nicht einfach verdunsten, dachte er am vierten Abend. Er hatte sein kleines Lager auf einem flachen Hügel aufgeschlagen, brannte ein Feuer ab und machte darin eine Konserve heiß. Zum Schlafen zog er sich in den Jeep zurück, legte sich quer über die Sitze, das Gewehr griffbereit auf der Brust, und das hatte sich als sehr nützlich erwiesen. Schon am zweiten Abend war ein Leopard um den Wagen herumgeschlichen, unsichtbar im Dunkeln, nur zu hören an dem leisen, gefährlichen Fauchen, mit dem er jeden Schritt begleitete.

Nachdenklich sah Alex Huber an diesem Abend hinüber zu dem dunklen Massiv der Ruwenzoriberge. Er hatte sie schon bei General Bikene erwähnt, aber dieser hatte nur den kahlen Schädel geschüttelt. »Warum sollten sie in die Berge?«

»Es wäre denkbar.«

»Nein! Sie stehen nicht auf dem Programm.«

»Eben deshalb! Nehmen wir an, einer der Touristen wollte unbedingt dorthin. Irgendwo hat er einmal in den afrikanischen Märchen vom Sitz der Götter gelesen. Sie kennen diese Märchen?«

»Ja!« General Bikene war sehr zugeknöpft. Er war getauft und stolz darauf. Die alten Schauermärchen von den grausamen Göttern vergaß er bewusst. »Wer glaubt denn daran?«

»Angenommen, einer der Touristen ist eine romantische Natur und legt einen Batzen Geld hin, um einen nicht geplanten Ausflug zum Mondgebirge zu machen.«

»Unmöglich! Erstens hätte man das sofort per Funk nach Fort Portal gemeldet, und zweitens ist Mr. Philipps dabei. Einer der besten Hunter. Der lässt sich nicht zu einem solchen Blödsinn bestechen.«

Darin musste Alex Huber dem General beipflichten ... allein schon die Gegenwart Philipps' war eine Garantie. Und trotzdem verschwinden fünf Menschen, und Philipps mit ihnen! Solche Gedankenspiele machten das Rätsel nur noch größer.

»Es gibt gar keine andere Möglichkeit«, sagte jetzt Alex Huber zu sich selbst. »Sie müssen in Richtung Berge abgeschwenkt sein. Und dort muss etwas passiert sein.«

Er dachte in diesem Augenblick weniger an ein Unglück, vielmehr an einen Überfall von Räubern, die mit der Beute, und dazu gehörte auch der Landrover, sehr gut in den auch vom Hubschrauber aus kaum einzusehenden Schluchten und Urwäldern im Ruwenzorimassiv untertauchen konnten. War das geschehen, dann gab es wenig Hoffnung, Veronika und die anderen Touristen lebend wieder zu sehen. Ein Überfall ist in Afrika eine gründliche Sache. Man lässt keine möglichen späteren Zeugen übrig.

In dieser Nacht schlief Alex Huber sehr wenig. Die Angst um Veronika lag auf ihm wie eine Felsplatte. Außerdem heulten und kreischten ganz in der Nähe die Hyänen ... irgendein Aas musste dort liegen, um das sie sich balgten.

Beim Morgengrauen packte Huber seine Ausrüstung wieder zusammen, legte drei volle Magazine des Militärgewehres, das man ihm genehmigt hatte, auf den Beifahrersitz, und stellte die Waffe griffbereit in den Gewehrständer neben der Windschutzscheibe. Er füllte den Benzintank bis zum Rand. Noch sechs volle Kanister, dachte er. Damit komme ich weit genug. Wie viel Kilometer sind es bis zum Mondgebirge? Dreißig, vierzig? In Bundimbuga gab es überdies eine Tankstelle ... eine armselige Zapfsäule, auf ein Benzinfass gesteckt – aber es war wenigstens Benzin. Von da ab aber begann die Wildnis, der Einstieg in eines der bizarrsten und rätselvollsten Gebirge Afrikas.

Nach einer Stunde Fahrt, weit jenseits der Fotosafari-Route, entdeckte er im hohen, trockenen Gras die Spur von vier grobstolligen Reifen. Er sprang aus dem Jeep und untersuchte die kaum sichtbaren Eindrücke im harten Boden. Nur das Gras war geknickt und zeigte so den Weg durch den Busch ungefähr an. Ab und zu wurde diese Spur deutlicher, da und dort hatten sich die Gummistollen tiefer in die Erde gegraben … dann hatte der Wagen offenbar völlig sinnlos eine scharfe Kurve geschlagen und war im rechten Winkel weitergefahren.

Alex Huber beschloss, dieser Spur zu folgen. Und je weiter er ihr nachfuhr, umso rätselhafter wurde sie: Wer hier herumgekurvt war, musste einen Sonnenstich gehabt haben! Er blieb ab und zu stehen und blickte sich erstaunt um. Kein Zweifel – er fuhr in einem ziemlich verwackelten Kreis, mal zu den Bergen hin, dann wieder zurück, wie ein Verirrter, der nicht mehr aus einem Labyrinth herausfindet.

Schließlich sah er die große Schirmakazie, auf welche die Spur direkt hinführte. Er glaubte, etwas ganz Bestimmtes zu wittern. Er gab Gas und raste über die Steppe. Er spürte wie er einen Zipfel des Rätsels in der Hand hielt, das Fadenende eines Knäuels, das er jetzt aufwickeln musste.

Er sah sofort, dass hier gerastet worden war. Überall war das Gras niedergetreten, in der Nähe des Baumstammes war heißes Fett auf die Erde geschüttet, hinter dem Stamm lag eine flache Schnapsflasche. Selbst die Löcher der Zeltheringe waren noch zu sehen … Huber zählte sie und rechnete nach. Es müssen zwei Zelte und eine an Stöcken gespannte Plane gewesen sein, dachte er. Zwei Zelte und eine Küche. Und einer von diesen Menschen hatte getrunken und die Schnapsflasche weggeworfen. Der Fahrer? Dieser Toyo Mibubu, der in der Liste als Fahrer genannt war.

Huber blickte sich um. Das verrückte Herumirren in der Steppe konnte man sich leicht erklären.

Der Fahrer war stockbetrunken gewesen. Aber warum hatte ihn Philipps nicht daran gehindert? Was Huber bisher von Philipps gehört hatte, waren nur Loblieder gewesen. Das hier bewies das Gegenteil. Auch er musste sich sinnlos besoffen haben, oder man hatte ihn ausgeschaltet. Wenn das zutraf – warum?

Huber suchte den Rastplatz Zentimeter für Zentimeter ab. Er fand den Deckel einer Konservendose, ein Tablettenröhrchen ohne Aufschrift, aber als er daran roch, kam ihm ein bitterer Geruch entgegen.

Chinin! Himmel noch mal, das waren Chinintabletten gewesen! Irgendeiner in der Gruppe war krank geworden, und Doktor Stricker hatte ihm Chinin gegeben. Philipps? Litt Philipps an Malaria? Er steckte das Tablettenröhrchen ein und suchte weiter.

Etwas abseits, seitlich der Autospur, wo er schon gar nichts mehr zu entdecken gehofft hatte, machte er seinen wertvollsten Fund: Einen angefangenen Brief von Veronika, zusammengeknüllt zu einer kleinen Kugel.

»Lieber Alex …« hatte sie angefangen. »Wir machen hier mitten in der Steppe Rast, völlig außerplanmäßig, weil unser eingeborener Fahrer stockbetrunken ist und unser Hunter einen gewaltigen Malariaanfall bekommen hat. Morgen Früh übernimmt unser Doktor das Kommando und wird versuchen, einen Ort zu erreichen, wo man Philipps abholen kann. Er ist sehr krank. Gleich habe ich Nachtwache bei ihm …«

Hier brach der Brief ab. Veronika hatte die Wache übernommen. Und dann? Was war dann geschehen? Der Landrover war nirgendwo angekommen … sechs Menschen sind hier an dieser Stelle spurlos verschwunden.

Alex Huber las den Brief drei Mal. Er strich ihn glatt, steckte ihn in die Brusttasche und starrte hinüber zu den nahen Mondbergen.

»Sie können doch nicht fliegen!«, sagte er laut. »Dreihundert Meter weiter hören alle Spuren auf! Wo ist der Landrover? Man kann ihn doch nicht einfach in Luft auflösen!«

Er studierte wieder die Autokarte und sah, dass jede Piste, sogar die schmalen Fußpfade, die als gestrichelte Linie eingezeichnet waren, am Fuße des Gebirges endeten. Der bekannte, von unternehmungslustigen Touristen mit viel Schweiß erkämpfte Aufstieg dauerte drei Tage und lag viel weiter westlich bei Mutwanga im Kongo-Gebiet. Von dort konnte man bis zur Bajuku-Hütte klettern, beinahe viertausend Meter hoch ... aber erst dann begann das ungastliche Gebirge bis zum *Stanley* und zur *Margherita-Spitze* in fünftausend Meter Höhe!

Hier aber, von diesem Platz aus, endete alles im Nichts. »Und doch müssen sie hier langgekommen sein«, sagte Huber und setzte sich wieder in seinen alten Jeep. »So verrückt das alles aussieht ohne eine einzige Spur – sie können nur ins Gebirge geschafft worden sein.«

Er erschrak vor seinen eigenen Gedanken. »Geschafft« hatte er gesagt. Geschafft – das bedeutete, dass sie nicht freiwillig ins Vergessen gezogen waren. Das bedeutete, dass sie gewaltsam aus dem Leben genommen worden waren.

Er entsicherte sein Gewehr, ja, er lud auch noch die Pistole durch und fuhr dann dem Mondgebirge entgegen. Die Steppe wurde steiniger, Geröll wurde vom Gras überwuchert, Steine schlugen gegen den Jeep.

Alex Huber fuhr langsamer. Es hat keinen Sinn, jetzt den Wagen völlig zu Schrott zu fahren, dachte er. Noch brauche ich ihn – vielleicht wird er uns allen sogar das Leben retten ... wenn Veronika und ihre Begleiter noch leben ...

Sie hingen oben an der Tempelmauer in kleinen, eisernen Käfigen. Riesige Haken waren in die Steinfugen geschlagen worden, und daran waren an runden Ösen die Käfige befestigt. Es sah aus, als trage ein Riese eine Uhrkette mit Anhängern über dem gewölbten Bauch.

Lange Leitern führten zu den Käfigen hinauf, aber sie

wurden nur aufgerichtet, wenn die Gefangenen ihre Mahlzeiten erhielten. Dann erschienen über den luftigen Gefängnissen eine Schar Soldaten und zogen an Leinen die Leitern hoch.

Auf diese Weise hatte man auch Stricker, Veronika Löhres und Heimbach hinaufgezogen … zusammengeschnürt wie ein Bündel, ganz langsam, damit sie nicht gegen die rauen Steine schlugen und sich verletzten. In den Käfigen wurden sie dann losgebunden. Die Soldaten grüßten höflich, indem sie den Handrücken gegen die Stirn legten. Dann schlossen sie die Gittertüren und stiegen über die Leitern ab.

Albert Heimbach brüllte, bis er heiser war. Dann fiel er auf den Boden seines Käfigs, wälzte sich wie ein Epileptiker und trat um sich.

»Er wird wahnsinnig!«, rief Paul Stricker zu Veronika hinüber. Sie hingen nebeneinander auf Rufweite. Veronika presste das Gesicht gegen die Eisenstäbe und starrte hinunter auf die fantastische Stadt, die so klein wirkte wie ein Anschauungsmodell.

»Man muss hier ja wahnsinnig werden!«, schrie sie zurück.

Peter Löhres hatte jetzt allen Humor verloren. Er rannte in seinem Käfig hin und her, zwei Meter hin, zwei zurück, bis der Käfig so stark zu pendeln begann, dass er sich festklammern musste. »Hilfe!«, schrie er. »Hilfe! Ihr könnt mich doch nicht umbringen! Ihr könnt doch nicht einfach …« Doch sein Schreien war sinnlos.

Dann brach er zusammen, drückte den Kopf gegen die Eisengitter und begann jämmerlich zu weinen.

Unter ihnen floss das Leben in Urapa weiter, als gäbe es diese Käfige an der riesigen Tempelmauer überhaupt nicht. Niemand blickte hinauf, keiner blieb stehen oder zögerte auch nur beim Vorbeigehen. Nur die zehn Soldaten, die unten an der Mauer Wache hielten, demonstrierten die Wichtigkeit dieser schwebenden Gefängnisse.

Über ihnen stieg Rauch in die Luft. Die Priester opferten den Nachtgöttern. Sie hörten eintönige Gesänge und rhythmisches Händeklatschen. Der Abend fiel in den Felskessel, es wurde kälter und die Stadt versank in schwarze Schatten.

»Ich fange gleich an zu schreien«, rief Veronika zu Paul Stricker hinüber. »Ich kann nichts dafür. Ich kann es nicht mehr zurückhalten. Ich muss schreien …«

»Dann schreien Sie!« Stricker umklammerte die Gitterstäbe. Auch sein Herz zuckte wie wild, die Nerven flimmerten im ganzen Körper. Er wartete auf den Moment, da auch er zusammenbrach.

Das kann kein Mensch aushalten, dachte er. Nein, das kann kein Mensch!

Er schloss die Augen und fiel in die Knie. So sah er nicht, wie man eine lange Leiter vom oberen Mauerrand wieder zu seinem Käfig emporzog.

6

Das Knirschen der Gittertürangeln ließ Paul Stricker mit einem Schlag hochfahren. Ein Soldat in schwarzer Lederuniform stand auf der obersten Leitersprosse. Er hatte die Käfigtür aufgeschlossen, winkte stumm und zeigte dann auf die Leiter. Stricker begriff sofort.

Mitkommen!

Er atmete tief durch und schloss die Augen. Oben auf dem Opferstein des Tempels qualmten noch immer die Rauchopfer, und es ertönte der rhythmische Gesang der Priester. Die Nacht war jetzt undurchdringlich. Die Stadt unter ihnen schlief, nur vereinzelte Lichter schimmerten aus der schwarzen Tiefe. Der Soldat auf der Leiter trug in einer Hand eine Art Öllampe – ein merkwürdiges Gebilde aus Bronze, auf dem eine geschliffene Glaskugel saß, worin sich die Ölflamme zu einem starken Licht konzentrierte.

Es wird der letzte Gang sein, dachte Paul Stricker. Ein Gefühl grenzenloser Verlassenheit überfiel ihn. Angst oder den Willen zu einer sinnlosen Gegenwehr fühlte er nicht ... nur Leere war plötzlich in ihm, so, als habe er bereits seinen Körper verlassen, als blicke er nun ohne menschliche Regung auf das Geschehen um sich.

Er nickte, wischte sich über die Stirn und machte einen kleinen Schritt zu der offenen Tür. Veronikas Stimme hielt ihn zurück. Sie traf ihn wie ein Faustschlag und ließ ihn in die Wirklichkeit zurückkehren.

»Gehen Sie nicht, Paul ...« rief sie. Ihre Stimme zerbrach fast vor Angst. »Bleiben Sie bei uns! Sie dürfen uns jetzt nicht allein lassen ...«

Stricker drückte die Stirn gegen die kalten Gitterstäbe

seines Käfigs. »Ich glaube, dass es hier keine Chance gibt, Veronika!«, sagte er rau.

»Bleiben Sie, bitte!«

»Keiner kann Sie zwingen, aus dem Käfig zu gehen!«, schrie Heimbach von der anderen Seite.

»Sie werden mich umbringen!«

»Un wat wollen se jetzt?«, brüllte Löhres. »Skat spille? Sie sollen jeopfert werden, Doktor!«

»Das ist mir klar.« Paul Stricker blickte den Soldaten an. Er winkte wieder, diesmal sehr energisch. Von unten, vom Fuß der hohen Mauer, ertönten unverständliche Rufe. Man wurde ungeduldig.

»Ich möchte Ihnen den Anblick ersparen, dass man mich hier tötet ...« sagte Stricker heiser. »Veronika, ein Wort zum Abschied: Ich bitte Sie um Verzeihung.«

»Wozu?« Ihre Stimme zitterte.

»Ich habe Sie überredet, diese unplanmäßige Safari mitzumachen.«

»Wer konnte diesen Ausgang ahnen?« Sie schluckte, als hätten sich von ihrem Hals gerade die Hände entfernt, die sie erwürgen wollten.

»Sie werden leben, das haben Sie gehört. Die Götter hier verlangen nur Jungfrauenblut. Es ist also ein mehrfacher Gewinn, defloriert zu sein ...«

»Wie können Sie jetzt noch so zynisch sein, Paul?«

»Der Abschied fällt leichter, Veronika. Leben Sie wohl.«

»Bleiben Sie hier!«, schrie Heimbach. »Bitte, bitte.« Er weinte wie ein Säugling und stieß mit dem Kopf immer wieder gegen die Gitterstäbe.

Peter Löhres schwieg jetzt. Er starrte nach unten, wo am Fuß der Mauer ein Gewimmel von Lichtern heraufflackerte: Soldaten, die auf Stricker warteten.

Morgen vielleicht ich, dachte er. Aber da haben sie Pech ... ich lege mich auf keinen Opferstein und lasse mir das Herz herausschneiden. Ich werde mich von der Leiter abstoßen, und wenn ich da unten aufschlage, habe ich sie wenigstens um ihr verdammtes Götteropfer betrogen. Ja, das werde ich. Ich werde mich von der Leiter abstoßen ... Er hockte sich auf den Käfigboden, sah hinüber zu Stricker und überlegte, ob er ihm diesen Vorschlag zurufen sollte.

Paul Stricker schob sich aus dem Käfig tastete mit den Fußspitzen nach der Leiter und begann dann den Abstieg. Der Soldat mit der Lampe blieb über ihm, warf ihm einen breiten Lederriemen unter die Achseln, zurrte eine Schnalle zu und befestigte das andere Ende des Riemens mit einem Haken an seinen Gürtel.

Löhres hieb mit den Fäusten auf seinen Käfigboden. Auch das ahnen sie im Voraus, dachte er verbittert. Dann eben anders. Bis zur Spitze der Tempelpyramide ist ein langer Weg ... mir wird schon etwas einfallen.

Er wandte sich ab und drehte das Gesicht zur Mauer. Er hielt es nicht aus, zuzusehen, wie Stricker Sprosse nach Sprosse abwärtsstieg, seinem Tod entgegen ...

Am Fuß der Mauer wartete Dombono. Verwundert starrte Stricker ihn an. »Sie warten hier?«, fragte er während der Soldat ihm den breiten Ledergurt wieder abnahm. »Ich habe erwartet, dass Sie oben im Blickfeld Ihres Regengottes stehen und schon das Messer wetzen.«

Sein Herz klopfte, als wolle es die Brust sprengen. Reden, dachte er, und nahm dies als einen hypnotischen Befehl. Reden! Immer nur reden! Betäube dich selbst mit den eigenen Worten, lass deine Gedanken nicht dahin, wohin sie wollen! Sprich den größten Blödsinn, flüchte dich in die sinnlosesten Sarkasmen ... aber rede ... rede ... pflastere deinen Weg zum Ende mit Worten ...

»Sie verstehen uns nicht!«, sagte Dombono ernst.

»Das ist auch etwas zu viel verlangt. Ihre Gottkönigin will mich opfern, und ich soll das als berechtigt ansehen?« Er sah sich schnell um. In einem weiten Kreis umringte ihn eine nicht erkennbare Zahl von Soldaten. Sie alle trugen die merkwürdigen, stark leuchtenden Lampen in der Hand. Paul Stricker warf den Kopf in den Nacken.

Die Mauer. Riesig, sich in der Nacht verlierend. Die Käfige sah man nicht mehr, sie hingen in der undurchdringlichen Schwärze. Nur ganz oben, fast wie ein Stern wirkend zuckte ein unruhiges Licht, einem Blinkfeuer gleich, das verkündete: Hier ist die Spitze der Pyramide, hier ist der höchste Punkt von Urapa, hier ist der letzte Tempel, das Ende unserer Welt. Hier warten die Götter.

»Vielleicht werden sie alle weiterleben«, sagte Dombono dunkel.

Stricker zuckte zusammen. »Vielleicht? Was heißt vielleicht? Wenn man sie dort oben hängen lässt, werdet ihr nur noch Wahnsinnige herausholen können. In zwei Tagen werden sie es sein. Wer hält so etwas aus?«

»Kommen Sie mit!«, antwortete Dombono fast höflich. »Es liegt nur an Ihnen, ob zum ersten Mal seit Bestehen Urapas ein Fremder weiterhin unsere Stadt sehen kann. Bisher war es nur eine kurze Zeit: Bis zum Aufgang der Sonne.« Er zeigte die breite Straße hinunter, die zum Eingang des Palastbezirkes führte. »Sie haben nur wenig Zeit ...«

»Dann sollten wir weniger feierlich reden! Was muss ich tun?«

»Die Königin will Sie sehen.«

»Schon wieder? Ich kann keinen Regen zaubern! Ich bin Arzt!«

Dombono, der sich schon abgewandt hatte, drehte sich wieder herum. »Jetzt reden Sie zu viel!« Seine dunklen Augen funkelten im Licht der vielen Öllampen. »Können Sie mehr als wir? Sind Sie klüger als wir?«

Stricker war verwirrt. In Dombonos Gesicht lag maskenhafte Drohung. »Wer ist – wir?«, fragte Stricker.

»Wir, die Priesterärzte …«

»Ich kenne Ihr Gesundheitswesen nicht. Sie haben mir noch keine Gelegenheit gegeben, mich fachlich zu informieren. Sie haben mir nur gesagt, dass Philipps in einem Ihrer Krankenhäuser liegt und fieberfrei sein soll. Durch den Saft der Eisblume.«

»Er wird in drei Tagen völlig gesund sein … hätten Sie das auch gekonnt?«

»Mit den bloßen Händen nicht. Und mehr habe ich nicht zur Verfügung. Nicht einmal Ihre Eisblume … da sind Sie im Vorteil!«

»Sie machen sich lustig über uns«, sagte Dombono hart. »Ich glaube nicht, dass Sie überleben werden …«

»Halt!« Paul Stricker streckte den Arm aus. »Sie verkennen meine Lage, Dombono. Fordern Sie mich zu einem medizinischen Duell heraus?«

»Vielleicht.«

»Ihre ersten Worte ließen das ahnen. Was für ein Duell! Sie haben anscheinend alles – ich habe nichts.«

»Wir brauchen beide nur unseren Geist. Das genügt. Es geht um eine Diagnose, Doktor Stricker!«

»Ich verstehe nichts mehr.« Stricker folgte langsam Dombono, der vorausging. Die Soldaten zogen ihren Kreis enger und beleuchteten die Straße zum Palast.

»Meine Freunde hängen da oben in Käfigen und warten auf ihren grausamen Tod, und Sie wollen mit mir über eine unklare Diagnose diskutieren! Ist es so?«

»So ähnlich.«

»Sie müssen mich für ein Wesen halten, dessen Nerven in einem Drahtkabelwerk hergestellt worden sind, Dombono!« Stricker blieb stehen. »Wollen Sie mich auf eine besonders bestialische Art zerstören?«

»Nein! In Urapa lügt man nicht.«

»Dann wäre es das Paradies.« Stricker blickte zurück zur Mauer, wo oben in der Schwärze der Nacht die Käfige hingen. Ein paar unbestimmbare Laute wehten von dort herab … Heimbach schien wieder zu schreien, zu beten und zu flehen. »Ihr Leben gegen meine Diagnose?«

»Ja. So will es die Königin.«

»Wir werden also weiterleben, wenn meine Diagnose richtig sein sollte?« Stricker atmete tief. »Aber wir werden Urapa nie mehr verlassen dürfen, nicht wahr?«

»Das wäre der Lohn einer zweiten ärztlichen Kunst: Die Heilung.« Dombono lächelte verhalten. Sein faszinierendes Gesicht, diese fremdartige Mischung aus orientalischen und europäischen Zügen, verlor die bisherige Härte. Etwas wie Befriedigung lockerte seine Miene auf. »Hier werden Sie scheitern, Doktor Stricker. Sie und Ihre Freunde werden so lange leben wie Ihr Patient.«

»Ein Glück, dass so etwas nicht in den Satzungen der deutschen Ärztekammer steht!« Stricker flüchtete sich wieder in seinen Sarkasmus. Ein medizinisches Duell in einer Stadt, an der dreitausend Jahre spurlos vorbeigegangen waren … welch eine absurde und doch bestehende Welt! Er blieb wieder stehen und blickte noch einmal an der riesigen Mauer empor. Ganz schwach, aber in der fast vollkommenen Stille jetzt doch deutlich vernehmbar, klang Heimbachs vor Angst plärrende Stimme aus den Käfigen herab.

»Führen Sie mich schnell zu dem Patienten!«, sagte Stricker laut zu dem wartenden Dombono. »Was hier auch ausgebrütet wird – ich bin bereit, mich jeder Prüfung zu stellen!«

Der Kranke lag auf einem breiten Bett. Eine golddurchwirkte Decke verbarg ihn völlig, über den Kopf hatte man einen Schleier aus Goldfäden gebreitet, wie ihn Stricker schon bei der Königin von Urapa gesehen hatte. Sie hatte darunter ihr Haar verborgen.

Um ihn her waren wieder die kahlen, hohen Wände mit der goldenen, zu merkwürdigen Ornamenten gehämmerten Verkleidung, in denen der Lichtschein sich hundertfach brach und zu einem einzigen Strahlen wurde. Veronika hätte diese Wandplastiken erklären können – für Stricker waren sie nur überwältigend in ihrer Schönheit und Strahlkraft.

Der Raum war, verglichen mit den übrigen Dimensionen des Palastes, klein, aber durch seine Höhe wirkte er gewaltig. Er war leer bis auf das Bett aus geschnitzten Elefantenzähnen. Der Kranke lag regungslos unter seiner Decke, und einen Augenblick hatte Stricker den Verdacht, dass er schon tot war und dass Dombono ihm jetzt, wenn er den Körper berührte, den Tod zuschieben wollte: Der Fremde hat ihn angefasst, und vor Entsetzen ist seine Seele aus dem Körper geflohen …

»Was soll das?«, fragte Stricker und blieb zwei Meter vor dem Bett stehen. »Ich habe keine Röntgenaugen.«

»Was ist Röntgen?«, fragte Dombono misstrauisch.

Stricker winkte ab. Was sollte man darauf antworten? Dass es Strahlen gab, mit denen man in einen menschlichen Körper hineinsehen konnte? Die alles zeigten, wie es innen aussah, ohne dass man den Körper aufschneiden musste? Wie kann man das einem Menschen erklären, der dreitausend Jahre von der übrigen Welt entfernt lebt?

»Wer ist das?«, fragte Stricker statt einer Erklärung.

»Mein Sohn …« Die kalte und doch faszinierende Frauenstimme! Stricker drehte sich um. Wie eine Statue stand die Göttin von Urapa an der Wand, als wäre sie soeben aus der Goldverkleidung herausgetreten. Gold in Gold … nur das Oval ihres Gesichtes und ihre Hände, gekreuzt über den Brüsten, schimmerten weißlich in dem fantastischen Licht.

»Ihr Sohn …« wiederholte Stricker mit trockener Kehle. Er begriff plötzlich die Zusammenhänge, an deren Sinn er immer wieder herumgerätselt hatte. Ein Opfer für den Regengott … das war nur ein Vorwand gewesen, die Flucht in eine glaubwürdige religiöse Lüge. Die Wahrheit lag hier vor ihm unter einer goldenen Decke: Der kranke Sohn einer, Göttin, die jetzt nichts anderes war als Millionen Frauen, die um ihr Kind bangen: Eine Mutter, die Hilfe sucht. Aber es musste eine heimliche Hilfe sein, denn wenn ein Gott sich nicht selbst helfen kann, was bleibt dann noch von seiner Göttlichkeit? Es war die unfassbare Tragik eines Menschen, der verurteilt war, alles zu können.

»Mein einziges Kind …« sagte sie. Ihre metallene Stimme bekam einen dunklen Unterton.

Dombono trat ans Bett und schlug die Decke zurück. Ein Knabenkörper wurde frei, nackt, mit einer hellen, für Urapa ungewöhnlichen Hautfarbe. Fast ein weißer Körper, gebräunt nur, als habe er in der Sonne gelegen. Die Brust atmete ruhig, die Arme lagen an den Seiten, der goldene Schleier blieb über dem Kopf liegen. Ob er durch das Goldgewebe den weißen Arzt sehen konnte, blieb ungewiss, er rührte sich jedenfalls nicht und zeigte keinen Reflex, als Paul Stricker sich dem Bett näherte.

»Erzählen Sie mir die Vorgeschichte«, sagte dieser ruhig. »Wie alt ist der Junge?«

»Elf Winter.« Dombono trat an die andere Seite des Bettes. »Und seine Krankheit ist zwei Winter alt …«

Der Weg wurde immer schlechter, steiniger und schließlich so mit Geröll übersät, dass Alex Huber den alten Jeep anhielt und ausstieg. Das Mondgebirge ragte vor ihm auf wie ein riesiger Klotz, der Erde und Himmel miteinander verband.

Hier ging es mit dem Wagen nicht mehr weiter. Der Pfad

verlor sich zwischen den Felsen – ein Weg, der direkt in dem Höllenschlund führen musste.

Alex Huber nahm vom Nebensitz seine starke Taschenlampe und leuchtete den Pfad ab. Was er suchte, konnte er nicht erklären; es drängte ihn einfach, den Weg weiterzugehen, Meter für Meter, und Geröll mit seiner Lampe abzutasten.

»Sie müssen hier entlanggegangen sein«, sagte er zu sich selbst. »Es gibt nur diese eine Möglichkeit.« Er kniete auf dem Weg nieder, untersuchte die Steine und leuchtete vor allem die größeren Felsblöcke ab, die diesen Pfad unpassierbar machten.

Nach etwa vier Metern legte er die Taschenlampe weg. Er hatte einen großen Stein entdeckt, an dem so etwas wie eine Schleifspur zu erkennen war – der Abdruck eines eisernen Reifens, wenn er abrutscht und schwarze Striche hinterlässt.

Huber tastete mit den Fingerspitzen über die Spur. Er fühlte die Kratzer, legte den Stein wie etwas sehr Wertvolles an den Fundort zurück und wischte sich mit beiden Händen übers Gesicht.

»Hier sind Menschen mit einem Karren gefahren«, sagte er leise und knipste die Taschenlampe aus. Die fahle Nacht schien sich plötzlich aufzuhellen, aber nun war sie auch voll tödlicher Gefahr. »Dort hinten, irgendwo, gibt es Menschen!«

Er stand auf, lief zu seinem Jeep zurück und begann, sich auf den Marsch in das gefährliche Geheimnis vorzubereiten.

7

Was Alex Huber mitnehmen konnte, war wenig und musste genau ausgesucht werden. Es durfte ihn nicht belasten und ihm zugleich alle Möglichkeiten lassen, sich in jeder Situation durchzuschlagen.

Gewehr und Pistole, dachte er, sie müssen sein; dann die große lederne Umhängetasche mit den Medikamenten und dem chirurgischen Besteck; ein kleiner Stoffbeutel mit etwas Brot, eine Feldflasche für Wasser, ein Messer, ein paar Konserven, Feuerzeug, ein zusammenklappbarer Spaten, an den Gürtel gehängt, ein kleines Beil – das ist genug, eigentlich schon zu viel für den Weg, der vor einem liegt.

Er blickte den Pfad hinunter, der zwischen den schwarzen, bizarren Felsen verschwand. Ein Gefühl des Unheimlichen überkam ihn.

Warum haben sie Veronika und ihre Begleiter verschleppt, dachte er? Werden sie einmal als Geiseln Nachricht geben, um mit dem Einsatz ihres Lebens einer noch unbekannten politischen Gruppe die Erfüllung ihrer Forderungen zu garantieren? Oder hat man sie einfach weggeschleppt, weil sie Weiße sind? Wiederholen sich die Grausamkeiten, die man in Afrika bereits überwunden glaubte? Quält und tötet der Mensch einen andern wieder wegen seiner Hautfarbe? Lernt der Mensch nie aus?

Alex warf die Arzttasche über seine Schulter und band den Autoschlüssel an ein dünnes Lederband, das er mit einem goldenen Amulett auf der nackten Brust trug: ein Geschenk Veronikas zur Erinnerung an ihre erste gemeinsame Nacht. »Ich vergesse dich nie« hatte sie auf die Rückseite des Amuletts eingravieren lassen. Es hatte die Form einer offenen Hand … Symbol des Gebens, des immer währenden Schenkens.

Das Gewehr unter die rechte Achsel geklemmt, überflog er in Gedanken noch einmal alles, was er mitgenommen hatte, dann klopfte er auf den Kühler des Jeeps, sagte »Auf Wiedersehen, Opa!« und ging langsam den Pfad weiter, hinein in die Mondberge, wo nach den Sagen der TOROS der Sitz der Götter ist …

Er stieg vier Stunden stetig aufwärts. Der Weg war nicht steil, aber in seiner fortgesetzten Steigung ermüdend. Er änderte sich nie. Er blieb so breit, dass ein Karren gerade noch zwischen die Felswände passte, und er schlängelte sich in weit schwingenden Serpentinen empor. Alex bewunderte die Menschen, die diesen Pfad geschaffen hatten, von dem keine Karte berichtete, nicht einmal die Stabskarte im Hauptquartier von General Bikene. Diese Karte zeigte dort, wo er jetzt emporstieg, einen leeren Fleck: unbegehbarer Fels, Urland. Wildnis; einen kleinen Teil jener Welt, die der Mensch umging oder nur überflog.

Nach etwa sechs Stunden – Alex hatte eine Stunde Rast eingelegt und sah mit gemischten Gefühlen zu, wie der Nachthimmel im Osten streifig wurde, das Dunkel sich auflöste und sich plötzlich rote Fäden dazwischen woben – erreichte er eine Stelle, wo die Felsenschlucht plötzlich breiter wurde und der Pfad fast frei war von Geröll. Und beim ersten Tageslicht, bei einem jener unbeschreiblichen Sonnenaufgänge über Afrika, vor dessen Schönheit einem das Herz stockt, weil man's nicht fassen kann wie diese grandiose Natur erwacht und aufatmet – in diesem Augenblick erlebte er noch ein Wunder: Eine Straße!

Eine wirkliche Straße mit einer glatten, gewalzten, festen Decke, über die man mit einem Luxusauto hätte fahren können!

Eine Straße mitten in der Felsenwildnis, gute viertausend Meter hoch. Alex Huber lehnte sich gegen die glatte Felswand und drückte beide Hände auf die Augen. Ich träume, dachte er. Ich habe Halluzinationen. Ich bin zu schnell und zu steil hinaufgestiegen. Ich habe einen Höhenkoller ...

Eine breite schöne Straße, beginnend im Nichts und endend im Nichts? Es muss eine Halluzination sein! Aber die Straße blieb, als er die Hände wieder sinken ließ. Die jetzt weißliche Morgensonne spiegelte Reflexe auf die feste Straßendecke, sie glitzerte sogar in unzähligen Kristallen, die sich wie Adern durch die festgewalzten Steine zogen, und das schnell vergehende Rot des Morgens, das der blaue Himmel allzu gierig aufsaugte, lag einen Augenblick wie ein Samtmantel über den schroffen Felsen.

»Unglaublich!«, sagte Alex Huber heiser. »Das ist unbegreiflich!« Dann wurde er sich erst der Gefahr bewusst, in der er sich befand. Er sprang von der Straße in die zerklüfteten Felsen hinein und hielt den Atem an. Die Morgenstille war vollkommen, der Wind schlief noch und nicht ein einziger Tierlaut unterbrach das große, sonnendurchglänzte Schweigen.

Das Mondgebirge. Es kann keinen besseren Namen dafür geben. Aber dann, die Stille zerreißend, obgleich es ein sanfter, voller, geradezu wohllautender Ton war, erklang irgendwo in diesen Felsen ein Gong. Es musste ein Gong sein, ein großer, in seinem Ertönen schwingender Gong ... und dann antwortete ein zweiter Gong, ein dritter fiel ein, ein vierter ... Aus allen vier Winden begrüßte man die Sonne, die jetzt strahlend die Nacht besiegt hatte.

Alex blieb in den Felsen stehen und wartete. Das Konzert war kurz, es verstummte so geheimnisvoll, wie es begonnen hatte, nur in der sich schnell erwärmenden Luft blieb noch eine Weile der satte Ton hängen und fing sich in den bizarren Bergen.

Ich bin auf der richtigen Spur, dachte Alex Huber. Ich bin in ein Land gekommen, das noch keiner kennt. Und plötzlich hatte er wahnsinnige Angst um Veronika – eine unerklärbare Angst, die nichts mehr mit der bisherigen Sorge um ihr Leben zu tun hatte. Hier war das Tor zu einem Geheimnis, aber die Chancen einer Rückkehr waren gleich Null.

Er wartete noch ein paar Minuten und schlich dann weiter, immer seitlich der Straße, von Deckung zu Deckung huschend. Als er von weitem einen neuen, unerklärbaren Laut hörte, warf er sich auf den Boden und suchte Schutz hinter einem Felsvorsprung.

Der Klang kam näher, verdichtete sich, wurde erkennbar ... das Stampfen vieler Füße, der Marschtritt einer Kolonne. Huber zog den Kopf ein. Ich werde verrückt, dachte er. Alex Huber, du bist verrückt geworden! Marschtritt in den Mondbergen! Leg dich hin und schlaf ein paar Stunden. Deine Nerven sind total verwirrt.

Dann aber sah er sie: Eine Abteilung Soldaten in Viererreihen und im Gleichschritt, vorweg ein Offizier ... sie kam ihm entgegen, die Straße hinunter, gedrillt wie eine preußische Kompanie. Soldaten in Uniformen aus schwarzen Lederschuppen, auf den Köpfen Metallhelme von merkwürdiger Form, rund und in einer Spitze auslaufend mit Kinnriemen und metallenen Ohrenklappen.

Schweigend marschierten sie an ihm vorbei. Nur ihr rhythmischer Marschschritt unterbrach die Stille. Es waren Männer mit einer milchkaffeebraunen Haut und europäischen Gesichtern, keine negroiden Züge, sondern ebenmäßige, meist schöne Köpfe, stolz und von klassischer Vollkommenheit.

Huber lag hinter seinem Felsen. Den Kopf ins Gras geduckt starrte er auf die Kolonne. Sie marschierte an ihm vorbei, Blick geradeaus – und das Lederzeug knarrte und die Stiefel krachten auf die Straßendecke ... ein hörbarer, greifbarer Spuk, beschienen von Afrikas strahlender Morgensonne.

Wie gelähmt blieb Alex liegen, als die Kolonne längst hinter einer Biegung der sich senkenden Straße verschwunden und nur noch ihr Marschtritt zu hören war.

Das ist Wahrheit, dachte er. Das ist kein Hirngespinst! Ich bin in einem Land, von dem die Welt nichts weiß! Nicht auf einem anderen Stern – mitten unter uns!

Er legte den Kopf auf die Unterarme und dachte angestrengt nach. Der Jeep! Sie werden den Jeep finden!

Und plötzlich wusste er, dass es auch für seine Rückkehr eines Wunders bedurfte, weil alles, was nun bevorstand, ihn tiefer und tiefer ins Unbegreifliche zog.

Der nackte Knabenkörper lag unbeweglich auf dem Elfenbeinbett, die Brust hob und senkte sich in ruhigem Atem – das einzige Anzeichen, dass dieser Körper lebte.

Paul Stricker beugte sich über den Kranken, ohne ihn zu berühren. Nach dem ersten Eindruck war der Junge weder abgemagert noch überernährt ... eine schöne Jünglingsgestalt, für dieses Alter vielleicht etwas zu groß und ungewöhnlich entwickelt, aber von jenem klassischen Ebenmaß, das er bei allen Urapanern gesehen hatte.

»Darf ich ihn berühren?«, fragte Stricker vorsichtig.

»Natürlich«, antwortete Dombono finster. »Ich muss Ihnen nur eines vorher sagen. Wenn Sie ihn berühren, fassen Sie einen Gott an! Sein Schicksal ist Ihr Schicksal.«

»Das haben Sie schon einmal gesagt! Es ist mein Risiko.«

»Sie müssen ihn berühren!« Hinter Stricker erklang die metallene Stimme von Sikinika, der Königin von Urapa. »Ich verspreche Ihnen Leben und Rückkehr in Ihre Welt.«

»Ich aber kann Ihnen nichts versprechen, das ist der Unterschied.« Stricker zog seine zerfetzte Jacke aus. Plötzlich war ein großes goldenes Waschbecken da, gefüllt mit duftendem Wasser. Er hatte weder gehört noch gesehen, wie man es hereingetragen hatte. Nach kurzem Zögern tauchte er die Hände in das Wasser und spürte, wie ein Kribbeln über seine Haut zog und die Hände warm wurden, als hielte er sie in einen Backofen. Schnell zog er sie aus dem Wasser zurück. Das Kribbeln blieb, aber mit sprachlosem Staunen spürte er, dass sich sein Tastgefühl ungeheuer verfeinert hatte. Es war ihm, als könne er jetzt mit seinen Fingerspitzen sehen. Als er die Bettkante berührte, spürte er die geringste Unebenheit des glatt geschliffenen Elfenbeins.

»Auch darin sind wir Ihnen überlegen«, sagte Dombono fast hämisch. »Es ist der Saft der göttlichen Erkenntnisblume.«

»Tatsächlich eine sehr nützliche Sache!« Stricker legte die Hände aneinander, und es war, als prallten zwei elektrische Felder zusammen. Er spürte es im ganzen Körper. »Warum rufen Sie mich, wenn Ihre Medizin über solche faszinierenden Naturmittel verfügt? Meine medizinischen Kenntnisse sind weniger göttlich.«

»Wir wollen sie sehen und hören.« Dombonos flache Hand strich über den nackten Knabenkörper bis hinunter zur linken Hüfte. Dort blieb sie liegen. Ein kaum merkbares Zittern durchlief den schönen Leib des Jungen. »Seit zwei Wintern wird das Gehen immer schwerer für Sikinophis.«

»Er heißt also Sikinophis.« Dr. Stricker schloss einen Moment die Augen. Das Ägypten vor viertausend Jahren, hinübergerettet in unsere Zeit, verborgen in einem riesigen Bergkessel! Lebende Fossilien, ein atmendes Geschichtsbuch. »Sie haben von allem etwas«, hatte Veronika gesagt als sie durch Urapa gefahren wurden. »Viel Ägypten, etwas Persien, ein Hauch Inka und die Gesichter von Europäern. Griechische Schönheit unter dunkler Haut.«

Er schüttelte den Gedanken ab und beugte sich über den Knabenkörper. Dombonos Hand glitt zurück und gab die linke Hüfte frei. Stricker begann vorsichtig, diese Stelle abzutasten.

»Erzählen Sie weiter, Dombono«, sagte er dabei. »Bei uns nennt man das die Anamnese ...«

»Vor zwei Wintern erschienen die Schmerzen in der Hüfte. Sie waren plötzlich da. Zehn Priester untersuchten ihn und wir kamen zu dem Ergebnis, dass er sich eine Sehne gezerrt hatte. Sikinophis lag zehn Tage, aber als er aufstand, war der Schmerz noch stärker. Wir gaben ihm die Säfte, die die Schmerzen betäubten, wir untersuchten jeden Teil seines Leibes, ließen ihn zur Ader, aber sein Blut war rot und nicht schwarz ...«

Stricker nickte. Die alte Theorie, dass Blut und Körpersäfte die Träger aller Krankheiten sind, dachte er. Das war bei Hippokrates so und es blieb dabei bis zu Paracelsus.

Plötzlich fiel alle Hemmung von ihm ab. Er war frei von der lauernden Angst, dieses medizinische Duell zu verlieren.

Dombono schien es instinktiv zu spüren und starrte ihn böse an. Er sagte: »Seit drei Monden kann er nur noch hinken! Jeder Schritt ist eine Qual. Wir tragen ihn herum, er muss auf der rechten Seite schlafen ...«

»Er hat Fieber!«, konstatierte Stricker nüchtern.

»Wir geben ihm Säfte, damit sein Körper nicht glüht.«

»Ich muss mit ihm sprechen. Übersetzen Sie, Dombono.«

»Er kann französisch sprechen«, sagte Sikinika. Ihre harte Stimme vibrierte deutlich. Stricker sah sich um. Sie stand noch immer statuengleich an der goldenen Wand, das hellhäutige Gesicht wie erstarrt. Es muss eine Qual sein, Königin und Göttin zu spielen, dachte er. Sie ist eine Mutter wie alle Mütter dieser Welt, und sie weiß, dass niemand hier ihrem Kind helfen kann. Aber sie muss ein Gott sein, stolz und unerreichbar, eingeschlossen in goldene Wände. Dass auch sie ein Herz hat, nimmt niemand zur Kenntnis.

»Französisch?«, fragte Stricker. »Warum gerade französisch?«

»Ist das für die Diagnose wichtig?«

»Nein.«

»Dann fragen Sie andere Dinge, Herr Doktor Stricker …«

Der Kopf des Jungen, verborgen unter dem Gespinst des goldenen Schleiers, bewegte sich ein wenig. Anscheinend konnte er durch den Schleier den Arzt sehen.

»Knickst du links ein, wenn du gehst?«, fragte Stricker.

»Nein!«

Nur ein Wort – aber der Klang der Stimme war herzbewegend. Es war das Schluchzen eines Kindes. Ein kleiner Gott weinte still hinter seinem goldenen Schleier.

»Nur wenn du gehst, tut es weh?«, fragte Stricker.

»Nein, immer. Auch wenn ich liege und mich bewege.«

»Was ist das für ein Schmerz?«

»Wie ein bohren. Es ist, als wenn jemand in meinen Knochen bohrt.«

Stricker senkte den Kopf und betrachtete die Hüfte des Jungen. Alle Möglichkeiten der Differenzialdiagnose schwirrten in seinem Hirn. Es kann ein Osteochondrom sein, dachte er. Oder eine tuberkulöse Osteoarthritis. Möglich ist auch ein Osteoblastom, eine an sich gutartige Knochengeschwulst, oder ein osteoides Osteom, das besonders bei Kindern auftritt. Was es auch ist – mit bloßen Händen und mit ein paar Pillen ist da nichts zu machen. Bei einem Osteom bleibt nur die Exzision oder die Kürettage übrig …

Stricker drückte noch einmal die linke Hüfte des Jungen und den Oberschenkelknochen. Er tat es bewusst hart, Sikinophis zuckte zusammen und gab einen klagenden Laut von sich. Sofort schnellte Dombono vor und riss Strickers Hände vom Körper des kleinen Gottes.

»Sie quälen ihn!«, schrie er. »Er bekommt Schmerzen …«

Ein Osteom, dachte Stricker. Es muss ein Osteom sein. Hätte man einen Röntgenapparat … aber was weiß man hier in Urapa von Röntgen! Hier heilen sie mit Säften. Er trat vom Bett zurück und wandte sich an Sikinika. Ihre dunklen Augen starrten ihn an. Das schöne, maskenhafte Gesicht bewegte sich kaum, als sie fragte: »Sie wissen es, Doktor?«

»Nicht mit Sicherheit. Aber ich glaube, dass es eine gutartige Knochenwucherung ist. Wir nennen sie Osteom.«

»Dann helfen Sie!«

Stricker tauchte seine Hände wieder in das Wasserbecken und schüttelte die Feuchtigkeit danach sofort ab. Dombono deckte den Knaben wieder zu.

»Sie haben den falschen Arzt entführt, Göttin von Urapa«, sagte Stricker langsam. »Die moderne Medizin ist spezialisiert. Hier kann nur ein Chirurg helfen … ich bin Internist.« Stricker ließ die Hände sinken. »Wann werden Sie mich töten lassen?«

8

Lähmende Stille lag in dem goldenen Zimmer. Dombono trat an die Wand und schlug mit der flachen Hand dagegen. Die Verkleidung öffnete sich, vier Männer mit verhüllten Gesichtern kamen herein und schoben das Bett aus dem Raum. Als er durch die Tür rollte, hob der Junge den Kopf. Der goldene Schleier rutschte von seinem Gesicht, und Stricker blickte in zwei große, ängstliche, flehende Kinderaugen.

Hilf mir, schrie dieser Blick. Hilf mir! Warum stehst du da mit hängenden Armen und lässt mich wieder wegrollen? Ich habe Vertrauen zu dir. Du allein kannst mich heilen. Hilf mir ...

Die Wandverkleidung schloss sich wieder. Das Gold der Wände strahlte. Dombono nestelte unruhig an seinem mit bunten Steinen besetzten Priestergewand.

»Sikinophis muss aufgeschnitten werden?«, sagte er dumpf.

»Ja.«

»Unmöglich! Man schneidet keinen Gott auf!«

»Dann wird das Gewächs an seinen Knochen größer und größer werden, er wird überhaupt nicht mehr gehen können und vor Schmerzen schreien. Dombono, Sie haben mich zu einem medizinischen Zweikampf herausgefordert, es geht um meinen Kopf und um das Leben meiner Freunde. Sie hängen in ihren Käfigen an der Mauer, und sie werden wahnsinnig werden vor Angst! Das Duell ist entschieden! Ich habe Ihnen die Krankheit genannt ...«

»Wer sagt, dass es die richtige ist? Und können Sie helfen?«

»Davon war nicht die Rede! Es ging um die Diagnose. Wenn Sie Sikinophis operieren, werden Sie sehen, dass ich Recht hatte. Sie haben doch Krankenhäuser hier. Bret Philipps liegt in einem und ist geheilt, haben Sie mir gesagt. Sie operieren doch auch! Auch wenn ich das alles nicht begreife, was ich hier sehe: Ihre Kollegen vor viertausend Jahren im Niltal haben Schädeltrepanationen gemacht, Amputationen, Blasensteinschnitte, Krebsoperationen. Ich kenne Ihre Krankenhäuser nicht. Ich kenne nicht Ihre Möglichkeiten, aber hier hilft nur eine Operation.«

»Ich werde Ihnen alles zeigen.« Dombono verneigte sich tief vor der starren Königin. Es war alles so unwirklich, so fantastisch, so märchenhaft, dass Stricker sich zum wiederholten Male sagte, er müsse eines Tages aufwachen und sich gestehen, das alles sei nur geträumt gewesen. »Du hast es gehört, Göttin«, sagte Dombono demütig. »Auch er kann nicht helfen.«

Sikinika winkte. Ihre kleine Hand fuhr hoch, als wolle sie Dombono schlagen. Aber es war nur ein energisches Zeichen. Der Priester senkte erneut den Kopf. In der Wand öffnete sich wieder eine Tür, und er verließ rückwärts gehend den Raum.

Kaum hatte sich die Wand geschlossen, fiel die Erstarrung von Sikinika ab. Sie seufzte laut. Plötzlich kam sie auf Stricker zu. Endlich durfte sie eine Mutter wie alle Mütter sein.

»Sie müssen doch etwas tun!«, rief sie. »Sie wissen doch mehr als meine Ärzte! Soll diese Geschwulst ihn denn auffressen?«

»Wissen allein genügt nicht.« Stricker zögerte einen Augenblick, dann umfasste er ihre Schultern und zog sie nahe zu sich heran. Ihr Kopf schnellte hoch, ihre Blicke hieben auf ihn ein … es war das erste Mal, dass jemand wagte, sie anzurühren. »Hier kapituliert die Innere Medizin. Die Heilung kann nur das Messer übernehmen …«

»Dann tun Sie es!«, schrie sie. »Ich befehle es!«

»Sie können befehlen, dass man mich auf dem Altar Ihres Regengottes opfert, aber Sie können mir nicht befehlen, eine Arbeit zu tun, von der ich nichts verstehe. Ich bin Arzt und kenne genau die Grenze meiner Möglichkeit. Sikinophis muss sofort Urapa verlassen und in ein Krankenhaus gebracht werden. Eine solche Operation kann man nur in Kampala vornehmen.«

»Kein Mensch von Urapa verlässt die Stadt, und kein Fremder kommt hinein. Das ist seit Jahrtausenden so. Das ist das Testament der Könige, nach dem wir alle leben! Glücklich leben, Doktor Stricker! Wir kennen keinen Hass und keinen Neid, keinen Diebstahl und keinen Mord, keinen Ehebruch und keinen Betrug ... wir sind die glücklichsten Menschen auf dieser Welt.«

»Und opfert einem Regengott jedes Jahr ein paar Jungfrauen, bringt jeden um, der sich eurem geheimnisvollen Felsenkessel nähert, und die Gottkönigin spricht sogar Französisch. Urapa ist der leibhaftige Wahnsinn!«

»Ihr werdet es nie begreifen!«

»Das ist mit Sicherheit das einzige, was ich versprechen kann«, sagte Stricker sarkastisch.

»Retten Sie mein Kind ... und Sie werden die ersten Fremden sein, die Urapa wieder verlassen können.«

Stricker hob resignierend beide Schultern – eine Bewegung, die man auch in Urapa verstand. Sikinika presste beide Hände vor ihren schmalen Mund. Sie sah jetzt älter aus als auf dem Thron oder in ihrer göttlichen Starrheit. Stricker schätzte sie auf Ende Dreißig, wenn eine Schätzung überhaupt möglich war. Sie altert nie, dachte er. Sie kann zeitlos sein, auch wenn das biologisch völlig unmöglich ist. Aber ist hier in Urapa nicht alles unmöglich oder möglich? Wer ist der Vater des Kindes? Woher die Französischkenntnisse? Und ihr oberster Priester spricht Englisch!

»Er darf nicht sterben«, sagte sie leise. »Ich flehe Sie an: Er darf nicht sterben ...«

»Dann gibt es nur einen Weg: Hinaus aus Ihrem verrückten Staat und in ein vernünftiges, modernes Krankenhaus! Wer oder was hindert Sie daran?«

»Der Schwur der Könige ...«

»Wenn es so ist, dann opfern Sie Ihren Sohn diesem Blödsinn!«, sagte Stricker grob. Ich habe nichts mehr zu verlieren, dachte er dabei. Aber sie muss nun entscheiden, was wichtiger ist: Göttin zu sein oder Mutter. Er ließ ihre Schultern los und wandte sich ab. Ihre Stimme hielt ihn zurück.

»Bleiben Sie! Wo wollen Sie hin?«

»Hinauf in meinen Käfig, zu den anderen. Ich habe Ihren Sohn berührt, ich kann ihn nicht retten, mein Schicksal ist jetzt mit ihm verbunden ... darauf muss man sich vorbereiten. Dombono hat es deutlich genug gesagt.«

»Ich habe Sie gegen seinen Willen rufen lassen. Ich habe den Widerstand aller Ärzte von Urapa brechen müssen. Ich habe ihnen befohlen, Sie zu holen! Nun stehen Sie da und tun nichts! Ist Ihnen Ihr Leben so wenig wert?«

»Das ist eine Frage, die ich zurückgeben muss: Wie viel wert ist Ihnen das Leben Ihres Sohnes?«

»Ich bin eine Mutter wie jede andere Mutter!«, schrie sie Ihre Augen flammten, die Hände ballten sich zu Fäusten.

»Natürlich.« Stricker nickte kurz. »Ich habe mir auch schon überlegt, dass Sie Sikinophis nicht durch einen Adler vom Himmel geholt haben, sondern ihn wie alle Frauen unter Schmerzen geboren haben. Es gab oder gibt einen Vater, und Sie haben ein Herz, das lieben kann, und einen Körper, der in der Leidenschaft zittert. Ein göttliches Zittern, von mir aus! Und nun überlegen Sie, was stärker in Ihnen ist: Die Staatsräson oder die Mutterliebe.« Doktor Stricker schüttelte den Kopf. »Dabei kann ich Ihnen nicht helfen, das müssen Sie allein mit sich ausmachen, Gottkönigin!«

»Meine Ärzte werden operieren, und Sie werden Ihnen die Anleitungen geben.«

»Was soll dabei herauskommen? Wie kann ich eine Verantwortung übernehmen? Ich kenne nicht den Stand Ihrer Medizin ...«

»Dombono wird Ihnen alles zeigen. Wenn Sie es versuchen ...«

»Diese Operation ist zu ernst, um etwas zu versuchen! Nein! Das Testament Ihrer Könige hat Ihren Staat viertausend Jahre lang konserviert ... aber ein Osteom lässt sich nicht aufhalten! Lassen Sie den Jungen nach Kampala bringen!«

»Sie werden ihm helfen!« Ihr Arm mit dem ausgestreckten Zeigefinger stieß vor wie eine Lanze. Das für kurze Zeit menschlich gewordene Gesicht verwandelte sich wieder zur Maske. »Sie werden es tun. Die schöne weiße Frau an Ihrer Seite wird Sie darum bitten.«

»Lassen Sie Veronika in Ruhe«, sagte Stricker heiser. Er verstand die versteckte Drohung, und er wusste, dass es ein menschliches Erbarmen bei diesen Menschen seit viertausend Jahren nicht mehr gab. »Ich habe noch nie ein Osteom operiert. Ich habe seit zwanzig Jahren nicht mehr mit einem Skalpell gearbeitet. Es wäre ein Verbrechen, zu operieren.«

»Es ist ein noch größeres Verbrechen, meinen Sohn hilflos sterben zu lassen«, sagt sie kalt. »Dombono wird Ihnen morgen unser Krankenhaus zeigen.«

Als Paul Stricker wieder die lange Leiter hinaufkletterte und seinen Käfig betrat, löste sich die nächtliche Dunkelheit in ein fahles Grau auf. Er setzte sich auf den Boden seines Käfigs und blickte dann nach links und nach rechts.

Sie waren alle wach, standen an den Gitterstäben und starrten zu ihm herüber.

»Gott sei Dank, Sie leben noch«, sagte Veronika. Ihre Stimme klang spröde wie zerbrochenes Glas.

»Ich ... ich habe für Sie gebetet ...« stammelte Albert Heimbach. Er war nicht wahnsinnig geworden. Neben Stricker wurde die Leiter wieder hinabgelassen, nur die Seile pendelten noch gegen die dicke Quadermauer.

»Wir haben es nötig«, sagte Stricker schwer atmend. Die Anspannung der letzten Stunden fiel von ihm ab. Er kam sich wie ausgeleert vor, fühlte sich unendlich müde und von einer großen Gleichgültigkeit befallen.

»Wat es passiert?«, fragte Peter Löhres, der Kölner.

»Ich habe eine Diagnose stellen müssen, weiter nichts. Der Sohn der Göttin ... ich soll ihn heilen.«

»Und da sitzen Sie wieder im Käfig herum?«, rief Löhres. »Wenn ich ihn heile, können wir alle wieder zurück ...«

»O Gott, es gibt noch Wunder!«, stammelte Veronika.

»Beten Sie nicht zu früh!« Stricker lehnte sich gegen die Gitterstäbe. Über die bizarren Ränder des riesigen Felsenkessels schob sich der rötliche Widerschein eines Sonnenaufganges. Unten im Tal, über der Stadt, lag noch wie ein schwarzer Nebel die Finsternis, während die Spitze des Tempels bereits in den Tag stieß. Der dampfe Klang eines Gongs tönte zu ihnen hinab.

»Ich werde ihn aber nicht behandeln«, sagte Stricker.

»Was werden Sie nicht?« Heimbach rüttelte an seinen Gitterstäben. »Sie wollen ihn nicht heilen? Sie wollen uns hier verrecken lassen?« Seine Stimme schlug Purzelbäume und wurde wieder hysterisch. »Ob Sie weiterleben wollen ist mir wurscht. Aber ich will leben! Ich will leben! Ich habe Frau und Kinder! Ich wollte nie in dieses Mistland, aber der Stammtisch und diese idiotische Wette! Und jetzt lassen Sie uns hier verrecken! Warum behandeln Sie den Kranken nicht? Warum? Warum?«

»Ich kann es nicht ...«

Peter Löhres stieß mit der Stirn gegen seinen Käfig. »Wat heißt hier: Isch kann nicht? Sie sind doch Arzt, Mann …«

»Hier braucht man einen Chirurgen!«

»In der Not scheißt der Teufel grün!«, brüllte Löhres. »Mann, dann operieren se doch! Oder sind Sie ein Arzt, der nur von Bettnässern was versteht? Was sind Sie überhaupt für'n Arzt? Ein Arzt muss alles können!«

»Wissen Sie, was ein Osteom ist?«, fragte Stricker ruhig.

»Woher denn?«

»Sie haben einen Möbeltransport, nicht wahr? Zerschlagen Sie einen Spiegel, bevor Sie ihn abliefern?«

»Bin ich blöd? Was soll der Quatsch?«

»Ich will leben!«, schrie Heimbach wieder. »Aber er bringt uns um! Er bringt uns tatsächlich um!«

»Verstehen Sie mich wenigstens«, sagte Stricker und blickte zu Veronika hinüber. Sie hob zaghaft die Schultern. Es ist auch zu viel verlangt, dachte er. Auch für sie, den Menschen des Atomzeitalters, bleibt der Arzt die rechte Hand Gottes. Wie kann man anderes erwarten von Menschen, die vor viertausend Jahren stehen geblieben sind?

»Sie können nicht operieren …« sagte Veronika.

»Das ist es.«

»Versuchen Sie es!«, schrie Heimbach und rüttelte wieder an seinen Gitterstäben. »Man kann das doch versuchen! Es geht um unser Leben!«

»Ich habe einmal gelesen, dass im Krieg ein Hautarzt eine Oberschenkelamputation durchgeführt hat«, sagte Veronika. Ihre Stimme schwankte. »Sie ist gelungen.«

»Ich weiß, was Sie sagen wollen, Veronika.« Stricker legte das Kinn auf die angezogenen Knie. »Dort hätte ich es auch getan. Aber hier muss der Patient überleben, und ich weiß, dass er es nicht wird.«

»Dann gibt es keine Hoffnung mehr?«

»Doch.«

»Und welche?«, schrie Löhres.

»Die Liebe einer Mutter …«

Das Tageslicht hatte den Kessel erreicht, die Häuser von Urapa schälten sich aus der Nacht. Am Fuße der riesigen Mauer versammelten sich die Soldaten, die abgelöst wurden. Ein Karren rollte heran, die Leitern an den Seilen schwankten. Gleich zog man sie wieder hinauf.

»Das Frühstück«, sagte Löhres dumpf. »Im Reiseprospekt stand: Sie wohnen in Häusern der ersten Kategorie …«

»Er will operieren!«, schrie Heimbach in die Tiefe. Seine Stimme verklang in der Weite, aber er merkte es nicht mehr. Er hieb mit den Fäusten gegen seinen Käfig und brüllte weiter. »Er hat gesagt, dass er operiert! Er will es! Er will! Holt mich hier raus! Holt mich doch hier raus …«

Die Leitern standen wieder an der Mauer. Ein neuer Tag begann. Der letzte Tag?

Was ist ein Schritt? Eine Spanne von etwa einem Meter – wer spricht schon davon?

Aber was sind dreihundert, vierhundert Schritte, wenn man um jeden Meter kämpfen, sich ducken, von Deckung zu Deckung springen muss – in einer Luft, die so dünn ist, dass der Atem rasselt und das Blut so heiß wird, als fließe es durch einen Ofen? Dann meint man bei jedem Schritt, als schlage ein Hammer in die Kniekehlen, aber jeder zurückgelegte Meter bedeutet: wieder ein Stück mehr erobert von dieser fremden Welt.

Alex Huber lehnte sich erschöpft an eine Felsenwand. Vor ihm zog sich die Straße hin, jetzt kein Wunderwerk mehr, sondern ein Höllenpfad in seinen Augen. Eine Straße, die nicht aufzuhören schien und die mit satanischer Lockung ihn immer weitertrieb. Einmal ist sie zu Ende, dachte er und riss den Mund weit auf, um tief durchzuatmen.

Aber in seiner Brust setzte ein so wahnsinniges Stechen ein, dass er schließlich nur in ganz kleinen Stößen durchzuatmen wagte.

Am Ende dieser Straße werde ich Veronika sehen und das Geheimnis dieser Menschen kennen lernen.

Er sollte es früher kennen lernen. Nach einer sanften Biegung sah er plötzlich einen Menschen in der Lederschuppen-Uniform, wie die Soldaten sie trugen, die an ihm vorbeimarschiert waren. Er war allein, saß mit dem Rücken zu ihm auf der Erde und kaute an einem Stück kalten Bratens. Über ihm hing, in einem Gestell aus Bambus, ein großer, bronzener Gong. Die Sonne warf ihre Strahlen darauf, er glänzte wie eine zweite Sonne ... ein stummes Spiel des Lichts, ein unhörbarer Klang der Strahlenbündel auf dem blitzenden Metall ...

Drei Meter, dachte Alex Huber. Drei Meter und nicht denken! Bloß nicht denken!

Er sprang vor, der Arm zuckte hoch, mit der Handkante traf er den Mann, der nicht schnell genug war und sich zu spät zur Seite warf. Es gab einen dumpfen Laut, und der Körper rollte unter das Gestell des Gongs.

Huber, vom Sprung mitgerissen, fiel über den Mann und schlug mit dem Kopf hart auf den Boden. Das letzte, was er dachte, war: Ich bin ein miserabler Einzelkämpfer! Dann wurde er bewusstlos ... und es blieb abzuwarten, wer nun zuerst wieder erwachte.

9

Alex Huber hatte inzwischen das Wettrennen mit der Zeit gewonnen. Die Betäubung durch den Sturz war harmloser als die Wirkung des Handkantenschlages auf den fremden Wächter.

Ringsum erwachte jetzt auch das Mondgebirge. Zahllose Tierstimmen schwirrten durch die dünne Luft, der Wind pfiff um die Felsen, der große Gong, an Ketten hängend, pendelte lautlos hin und her. Unter ihm lag der dicke Schläger: ein aus Elfenbein geschnitzter Stiel, mit einem Knäuel aus roter Wolle am Ende.

Huber richtete sich auf und starrte auf den betäubten Soldaten. Die Arzttasche lag etwas abseits, beim Sprung hatte er sie von seiner Schulter geschleudert.

Wo ein Wächter ist, ist auch ein Eingang, dachte Huber. Wir sind dem Ziel nahe. Irgendwo am Ende der Straße wird das große gefährliche Abenteuer beginnen. Was bisher geschehen ist, war praktisch nur ein Vorspiel.

Er kroch auf Händen und Füßen zu dem betäubten Soldaten, drehte ihn auf den Rücken und betrachtete sein Gesicht. Wieder war er erstaunt über die auffallend europäischen Gesichtszüge und die braune Haut. Er war mehrmals in Afrika gewesen, hatte bei den verschiedensten Stämmen übernachtet und kannte die Unterschiede in den Rassen. Als junger Arzt in einer Missionsstation hatte er die afrikanischen Völker kennen gelernt ... hier lag ein Mensch vor ihm, der zwar die Hautfarbe eines Farbigen hatte, an dem aber sonst nichts auf eine negroide Abstammung hinwies.

»Es tut mir Leid, mein Junge«, sagte Alex Huber, als sich

der Soldat zu bewegen begann. »Aber du musst weiterschlafen.« Er entnahm seiner Arzttasche ein Fläschchen schüttete etwas Äther auf einen Wattebausch und drückte ihn dem Mann gegen die Nase. Nach ein paar krampfhaften Atemzügen streckte dieser sich wieder und fiel erneut in eine tiefe Bewusstlosigkeit.

»Wenn du aufwachst, wirst du gottserbärmlich kotzen«, sagte Huber und warf den Wattebausch weit von sich. »Ich kann Äther auch nicht riechen ...« Danach begann er, den Soldaten auszuziehen. Er hat ungefähr meine Größe, dachte er dabei. Die Uniform könnte mir passen. Eine verrückte Idee, nicht wahr, mein Junge? In deiner Uniform kackfidel in euer Lager marschieren ... Wir wollen hoffen, dass nicht alles so zackig ist wie euer Marsch; wenn irgendjemand nach guter alter Tradition brüllt »Parole!« – so kann ich nur antworten: »Leck mich am Arsch!« Damit werden sie mich zwar kaum durchlassen. Aber ich habe keine Wahl, das musst du einsehen. Ihr habt Veronika entführt, und keiner weiß, warum. Vielleicht lebt sie sogar nicht mehr, dann werde ich ...

Alex Huber stockte. Er hatte bereits die Uniformhose aus Schuppenleder anprobiert – sie passte wie für ihn gemacht.

Ja, was werde ich tun, wenn sie Veronika umgebracht haben, dachte er. Sein Atem ging schwer. Rache nehmen? Ein Einzelner gegen ein unbekanntes, militärisch anscheinend gut gerüstetes Volk? Absurd ... Zurückkehren nach Kampala und die ugandische Armee alarmieren? General Bikene wird sofort zum Feldzug aufrufen, und es wird zu einem fürchterlichen Abschlachten kommen. Es gibt kein Erbarmen in Afrika.

Sie lebt. Seine Gedanken wurden ruhiger und er streifte die etwas steife Uniformjacke über. Sie lebt bestimmt. Warum sollten sie Veronika und ihre Freunde töten? Harmlose Menschen, Reisende, die Afrikas Schönheiten fotografieren wollten, und weiter nichts. Aber fragt Hass – wenn es Hass ist – nach Vernunft? Gibt es in der Politik – wenn dies ein politischer Akt war – Menschlichkeit? Kümmert sich der Erpresser um die Schmerzen seines Opfers?

Alex Huber war mit dem Umkleiden fertig und stülpte den Helm über. Sogar die Kopfgröße passte. Seine eigenen Kleider band er zu einem Bündel zusammen und versteckte sie in einer Bergspalte. Dann nahm er die Arzttasche, steckte die Pistole in den schwarzen Ledergürtel, schulterte das Gewehr wie ein erfahrener Hunter und beugte sich noch einmal über den Betäubten. Er lag da und atmete flach, mit offenem Mund, aus dem der widerlich süßliche Geruch des Äthers strömte.

»Die Portion reicht für zwei Stunden«, konstatierte Huber. »Hoffentlich hast du ein gutes Herz, Junge. Ich könnte dir später keine Kreislaufspritze verpassen …«

Er zog den Mann an den Füßen aus der prallen Sonne in den Schatten, betrachtete noch einmal diesen nackten braunen Körper, dieses europäische Gesicht und schüttelte wieder den Kopf. Dann ging er weiter, hinüber zur Straße und hielt sich genau in deren Mitte.

Er war jetzt ein Angehöriger des fremden Volkes, ein Soldat sogar, und so marschierte er im Tempo der Kolonne allein weiter, aus den Augenwinkeln nach allen Seiten sichernd, die Felsen abtastend, das Gehör so angespannt, dass der Tritt seiner Stiefel auf der Straßendecke wie lautes Knallen klang.

Sein Herz hämmerte dabei so wild, dass der Mediziner in ihm Alarm schlug: Wie lange hält es das durch? Es schlägt mir zum Hals hinaus. Und wenn das auch unmöglich ist – es benimmt sich so. Aber nur nicht denken! Jetzt nicht denken! Heb dir deinen Mut auf, mein Junge, bis du am Ziel bist. Halt deine Nerven fest, du brauchst sie noch!

Ein einsamer Mann marschierte auf einer Straße in den Mondbergen viertausend Jahre zurück in die Vergangenheit und wusste es nicht …

Nach dem Frühstück – die Soldaten schoben kleine flache Tische in die Käfige und brachten einen Fruchttee, Schnitten von grauem Brot, Bienenhonig und eine scharf riechende Hammelbutter – holte man Doktor Stricker wieder hinunter in die Stadt.

Heimbach hatte nichts angerührt. Er hockte auf dem Käfigboden vor seinem Tischchen und stierte mit hervorquellenden Augen auf die herrliche, amphitheatralisch angelegte Stadt. Auf den flachen Dächern bewegten sich jetzt die Frauen, hingen Wäsche auf, klopften Matten. Kinder spielten. Ihre hellen Stimmen flogen hinauf bis zu den Käfigen an der riesigen, alles beherrschenden Tempelmauer. Auf den Straßen pulsierte das Leben, kleine Ochsen zogen die Karren. Es verkauften in den offenen Geschäften die Händler ihre Waren. Niemand blickte nach oben zu den zwischen Himmel und Erde hängenden Fremden.

In der Nähe der Käfige wimmelte es von Bauarbeitern. Ein neuer Teil des Tempels entstand, und wie in den Zeiten der Pharaonen wurden die Steinblöcke an langen Seilen über eine schiefe, glatte Ebene aus Holz emporgezogen. Vorarbeiter trieben mit rhythmischen Rufen die schwitzenden und keuchenden Männer an.

Peter Löhres aß mit großem Appetit. Er hockte hinter seinem Tischchen und schmierte mit dem stumpfen Messer seine Honigbrote.

»Isch hann dreitausend Mark Vollpension jebucht«, sagte er zu Veronika. Sie aß nur eine Scheibe Brot und sah dann dem Bau des Tempels zu: ein lebender Geschichtsunterricht. »Und bevor se misch opfern, will isch 'ne Portion davon abfressen …«

»Werden Sie operieren, Doktor?«, stammelte Heimbach, als er den Soldaten die Leiter hinaufklettern sah, der den Arzt abholen sollte.

»Nein, Herr Heimbach.«

»Aber Sie könnten uns damit doch retten! Ich bitte Sie, Doktor, ich flehe Sie an: Versuchen Sie es wenigstens ...«

»Bei einem Osteom ist ein Versuch geradezu ein Verbrechen.«

»Nichts zu tun – das ist in unserer Lage Mord!«, schrie Heimbach hysterisch. »Mein Gott, Sie nennen sich Arzt und wissen in Wirklichkeit so viel wie ein Furz!«

Er stieß den Tisch um, kauerte sich an die Gitter und redete unverständliche Worte vor sich hin. Stricker blickte ihn nachdenklich an. Heimbach wird keinen Tag mehr durchhalten, dachte er. Peter Löhres hat seinen geradezu entnervenden rheinischen Galgenhumor wieder gewonnen, Veronika ist die tapferste Frau, die es auf dieser Welt geben mag, ich selbst verberge meine Angst hinter einem billigen Sarkasmus und spiele den Zyniker, um meine Schwachheit zu tarnen ... aber Heimbach, der Lebensmittelhändler aus Hannover, den nur seine Stammtischwette nach Afrika gebracht hat, der ein normaler feiger Mensch ist wie Millionen von uns – er wird das erste Opfer sein. Ich werde ihn, wenn ich zurückkomme, belügen müssen, wie man einen unheilbaren Kranken belügt: »Alles in Ordnung. Nur Geduld, es wird schon werden. Die Nerven, mein Lieber, diese dummen Nerven. Seien Sie ganz unbesorgt, das kriegen wir schon hin ...«

Hundertemal am Krankenbett gesprochen und hundertemal geglaubt. Auch Albert Heimbach würde es glauben.

»Wenn Sie mit maßgebenden Leuten von Urapa zusammenkommen«, sagte Veronika plötzlich, »könnten Sie ihnen einen Wink geben. Ich habe einen Vorschlag, wie man weniger mühsam bauen könnte.« Sie lächelte etwas verlegen. »Ich bin nicht ganz so schlecht als Architektin ... ich sehe vielleicht nicht danach aus ...«

»Sie sehen wunderbar aus, Veronika«, sagte Stricker heiser. »Und ich werde Ihre Idee anbringen, das verspreche ich Ihnen.«

»Vor allem der Transport, total bekloppt!«, sagte Peter Löhres. »Sajen se den Leuten, dat isch auch'n Idee habe. P. Löhres, Nah-und Ferntransporte, Köln ...« Er schluckte plötzlich, drehte sich schroff um und nahm schnell einen Schluck Tee.

Ihre letzte Hoffnung, dachte Stricker. Sie bieten sich an. Sie vertrauen auf die Vernunft. Der letzte morsche, armselige Strohhalm ... »Ich werde alles versuchen«, sagte er bedrückt. »Alles.«

»Auch operieren!«, schrie Heimbach gellend.

»Vielleicht auch das ...«

»Danke, Paul«, sagte Veronika leise.

Stricker, der schon auf der obersten Leitersprosse stand, hob ruckartig den Kopf. »Ich werde tun, was menschenmöglich ist, Veronika«, sagte er stockend.

»Glauben Sie mir. Ich ... ich hänge genauso am Leben wie Sie ...«

Unten am Fuß der Mauer erwartete ihn wieder Dombono. Er sah den fremden Arzt mit einem feindseligen Blick an und zeigte auf einen geschlossenen Holzkarren, vor den zwei langhörnige Ochsen gespannt waren. »Steigen Sie ein.«

Stricker lächelte. »Die Grüne Minna von Urapa?«

»Was ist eine Grüne Minna?«

»Ich erkläre es Ihnen später, Dombono.« Er stieg in den Holzkasten, der geräumiger war, als er vermutet hatte. Zwei Personen fanden darin bequem Platz. Dombono setzte sich ihm gegenüber auf die mit Leder gepolsterte Bank. In einer Grünen Minna gab es weniger Luxus.

»Wie geht es unserem Patienten?«, fragte Stricker.

»Wir haben ihn noch einmal gründlich untersucht. Zehn Ärzte. Sie haben Recht: Es ist eine Geschwulst am Hüftknochen.«

»Damit hätte ich den Zweikampf gewonnen, Dombono!«

»Die Göttin befiehlt, dass Sie Sikinophis heilen!«

»Ich weiß. Wir hatten darüber gestern eine Auseinandersetzung.« Stricker lehnte sich zurück. Plötzlich kam er sich sehr sicher vor – weit davon entfernt, auf dem Altar des Regengottes geopfert zu werden. »Ich brauche dafür die Hilfe Ihrer Götter. Ein komplettes chirurgisches Besteck für eine Osteom-Exzision, Aderklemmen, Narkosemöglichkeiten, Medikamente zur Kreislaufstütze, Infusionsflaschen. Man kann mit einem Taschenmesser einen Blinddarm herausnehmen – das haben mir Kollegen in russischer Gefangenschaft vorgemacht –, aber ein Osteom ist doch etwas anderes. Bitte, flehen Sie Ihren Gott an, der für den technischen Dienst zuständig ist.«

»Man sollte Sie töten!«, sagte Dombono dumpf. Seine dunklen Augen glühten vor Hass.

»Woher haben Sie eigentlich Ihr gutes Englisch?«, fragte Stricker unbeeindruckt. »Durften Sie Urapa verlassen?«

»Nein! Aber ein Engländer verirrte sich einmal zu uns. Vor zwanzig Wintern. Ich wurde ausgewählt, seine Sprache zu erlernen. Es dauerte vier Jahre, dann sprach ich sie.«

»Und dann?«

»Es regnete sechs Monate nicht ...« Dombono grinste böse. »Hinterher regnete es drei Wochen, und unsere Felder blühten wieder.«

»Nach vier Jahren!«, sagte Stricker entsetzt.

»Was sind vier Winter? Wir denken in anderer Größenordnung«, sagte Dombono hart. »Auch Sie leben nicht ewig, Doktor Stricker ...«

Das Krankenhaus von Urapa erwies sich als weiträumiger Steinbau, angelehnt an den heiligen Tempelbezirk, weil die Priester ja auch Ärzte waren. In Urapa mussten gesunde Menschen leben, denn die meisten Zimmer waren leer, die Betten unbenutzt, die Gänge gähnten vor Einsamkeit. Ein paar Pflegerinnen huschten sofort davon und schlossen die Türen, als sie den Fremden kommen sahen. Sie taten so, als sei mit Doktor Stricker eine Seuche ins Haus gekommen.

In einem großen Zimmer, in dessen Mitte ein großer leerer Tisch stand, warteten die anderen Priester-Ärzte. Stumm, feindlich starrten sie den fremden Arzt an. Sie trugen wie Dombono golddurchwirkte lange Gewänder und auf dem Kopf eine Art Hut mit einer Verzierung, die einer sich aufrichtenden Schlange glich: Das Symbol der Klugheit.

»Der OP!«, sagte Stricker fast begeistert, aber es war ein krampfhafter Humor. »Und die ganze Mannschaft! Wie bei uns! Wenn der Chef kommt, sieht man vor lauter weißen Kitteln den Patienten nicht mehr.« Er drehte sich zu Dombono um, der hinter ihm stand. »Bis jetzt bin ich beeindruckt. Nur alles ein wenig leer!«

»Das wird sich ändern.« Dombonos tiefe Stimme bekam einen härteren Klang. »Sie werden einer Operation zusehen. Es ist alles vorbereitet. Wir werden Ihnen zeigen, was wir in Urapa können.«

Die Tür im Hintergrund klappte auf. Ein hölzernes Bett auf quietschenden Rädern wurde von einem Krankenpfleger hereingeschoben. Unter einer bestickten Decke mit Sonnenmotiven lag ein nackter Körper – eine junge Frau, die den unbekannten Doktor angstvoll anstarrte. Das hübsche, fast noch kindliche Gesicht hatte eine gelbliche Färbung.

»Wir werden den Beutel in ihrem Körper, der die Säfte

fließen lässt und jetzt verstopft ist, herausschneiden ...« sagte Dombono dozierend. Stricker spürte, wie ihm der Schweiß ausbrach und über seine Stirn tropfte.

»Eine Choledochotomie!«, stammelte er und sah die flehende Angst in den Augen der jungen Frau. »Dombono, Sie sind ja verrückt! Sie sind komplett verrückt! Das können Sie doch nicht machen!«

»Sehen Sie zu!« Dombono winkte energisch. Das Bett rollte zu dem breiten Tisch. »Urapa ist ein Land der Wunder ...«

10

Die Wunder begannen bereits mit der Narkose. Zwei Priesterärzte – es mussten Assistenzärzte sein, denn ihr merkwürdiger Kopfschmuck war nicht mit Goldfäden bestickt, sondern mit Silber – hatten die junge Frau auf den breiten Tisch gehoben und banden ihr jetzt die Handgelenke und die Füße mit Lederschnüren an Ösen fest, die am Tisch angebracht waren. Dann rollte eine kleine Krankenschwester eine Art Instrumentenwagen herein ... ein Gefährt aus Elfenbein, auf dem einige Schüsseln aus Gold und blitzende, blank polierte eiserne Zangen und Messer lagen. Sie starrte den weißen Arzt neugierig und gleichzeitig feindlich an, dann warf sie mit einem Ruck den Kopf zur Seite. Stricker konnte ihren Blick nicht erwidern.

Dombono tauchte seine Hände in eines der Goldbecken und bewegte sie hin und her in einem fast rituellen Rhythmus. Die anderen Ärzte taten es ihm nach, dann ließen sie ihre Hände abtropfen.

Wenigstens das kennen sie, dachte Stricker und zog schaudernd die Schultern hoch. Sie machen ihre Hände keimfrei. Es muss auch bei ihnen einen Semmelweis gegeben haben, der diese Notwendigkeit erkannt hat.

»Was ist das?«, fragte er und zeigte auf die große goldene Schüssel.

»Der Saft der Reinheit!«, antwortete Dombono stolz. »Es ist eine Wurzel, die im tiefsten Schatten wächst. Wir pressen sie aus.«

»Und Sie wollen wirklich die Galle herausnehmen? Mit diesen Eiseninstrumenten?«

»Was ist die Galle?« Dombono legte die Hand auf die

Stelle, wo nun der Schnitt erfolgen sollte. Mein Gott, durchfuhr es Stricker. Er will das ohne Narkose machen! Das ist ja Mord! Man darf so etwas nicht zulassen! Ich habe die Pflicht, jetzt einzugreifen. Dort liegt ein Mensch, ich bin Arzt, ich kann nicht zulassen, dass man ihn vor meinen Augen abschlachtet ...

Er trat einen Schritt vor und zog mit einem Ruck Dombonos Hand vom Körper der jungen Frau. Die anderen Ärzte erstarrten. Ein Fremder wagte es, den Oberpriester zu berühren! Sie umringten den fremden Arzt und warteten auf den Befehl, ihn zu töten.

Dombono blickte Stricker aus verhangenen Augen an. Der Zwiespalt, in den er jetzt kam, war ungeheuerlich. Man hatte ihn beleidigt ... aber er musste es ertragen, weil der Befehl der Göttin ihm auferlegte, dem fremden Arzt jede Hilfe zu gewähren. Es ging um Sikinophis, um die geheimnisvolle Krankheit in seinen Knochen. Und es ging um die Ehre der Priester von Urapa ... »Was wollen Sie?«, fragte er dumpf.

»Sie schneiden nicht!«, sagte Stricker hart. »Sie mögen hier eine andere ärztliche Moral haben als wir ... aber solange ich hier stehe, werde ich verhindern, dass diese Frau operiert wird! Entfernen Sie mich mit Gewalt, dann muss ich mich der Übermacht beugen. Aber noch stehe ich hier.«

»Und Sie bleiben auch hier, Doktor Stricker. Sie sollen sehen, was wir können!«

»Ich sehe es bereits!«, sagte Stricker sarkastisch. »Beenden wir die Demonstration.«

»Sie sind sehr stolz auf Ihre ärztliche Moral, nicht wahr?« Dombono winkte. Der Instrumententisch aus Elfenbein wurde dicht an den OP-Tisch herangeschoben. »Auch wir in Urapa kennen die heilige Verpflichtung des Arztes! Sind bei Ihnen die Ärzte auch Priester? Stehen Sie den Göttern so nahe wie wir?«

»Wir verlassen uns lieber auf unsere in Jahrhunderten gereiften Erkenntnisse anstatt auf die Hilfe eines Gottes.«

»Sie sagen es! Urapa hat einen Berg des Wissens von fünftausend Jahren ...« Dombono griff in eine goldene Schüssel. Er tauchte einen kleinen Becher hinein, schöpfte damit eine bläuliche Flüssigkeit heraus, stützte den Kopf der jungen Frau und gab ihr den Saft zu trinken. Gehorsam schluckte sie ihn, aber ihre großen schwarzen Augen schrien um Hilfe und bettelten bei einem fremden Arzt.

Stricker atmete hastig, sein Herz hämmerte gegen die Rippen. Die Erregung erstickte ihn fast. Er warf einen Blick auf das »Instrumentarium« und schauderte wieder zusammen. »Womit wollen Sie die Adern abklemmen?«, fragte er tonlos. »Womit die Blutungen stillen?«

»Mit dem Blitz der Götter.«

»Womit?« Stricker spürte, wie seine Beine weich wurden. Sie wird verbluten, dachte er. Sie wird ganz einfach verbluten. Der Hautschnitt und der Bauchdeckenschnitt mag noch angehen, aber dann, wenn Dombono sich in die Tiefe arbeitet ... es wird ein Abschlachten geben, weiter nichts.

»Sie werden es sehen.«

»Ich werde gar nichts sehen!«, rief Stricker erregt.

»Führen Sie mich zu Ihrer Königin! Ich verlange, dass dieses makabre Theater abgebrochen wird.«

»Unsere Königin ist immer dabei.« Dombono nickte, Stricker fuhr herum. Im Hintergrund des Operationszimmers war jetzt eine Stelle der scheinbar massiven Wand erleuchtet. Wie hinter einem Fenster saß Sikinika auf einem goldenen Stuhl, das Gesicht wie immer starr und unbeweglich, eingehüllt in einen mit abstrakten Zeichen bestickten Mantel. Ihr Blick kreuzte sich mit Strickers Blick. Es waren Augen, so kalt wie geschliffene Edelsteine.

»Das hier ist Wahnsinn!«, schrie Stricker und ballte die Fäuste. »Verbieten Sie es!«

»Die Kranke schläft.« Dombono berührt Stricker an der Schulter. »Überzeugen Sie sich.« Er hielt ihm eine lange eiserne Nadel hin. »Stechen Sie zu ... sie rührt sich nicht mehr.« Und als Stricker darauf nicht reagierte, tat er es selbst: Er stach die lange Nadel in den Oberschenkel der jungen Frau und ließ sie im Muskel stecken.

Die Kranke bewegte sich nicht. Der Saft, den sie getrunken hatte, schien sie nicht nur narkotisiert, sondern alle ihre Reflexzonen gelähmt zu haben. Dabei hob und senkte sich ihre kleine Brust, als schlafe sie wirklich nur. Keine Atemdepression, keine Anzeichen einer Herzrhythmusstörung. Niemand kümmerte sich um den Puls, um Blutdruck oder um eine Fixation der Zunge ... der ganze komplizierte Apparat der modernen Narkose war hier hinfällig. Wozu Kontrollen? Der Trank der Götter gab seligen Frieden.

Stricker spürte, wie ihm der Schweiß aus allen Poren brach und über das Gesicht lief. Er blickte einmal auf die Instrumente, dann wieder in die versteinerten Gesichter der Priester-Ärzte. Ihm wurde fast übel vor Erregung.

Dombono nahm mit einer feierlichen Geste ein Messer vom Tisch und hielt es hoch. Dann legte er es zwischen seine Handflächen und begann es zu reiben. Die anderen Ärzte pressten die Hände flach gegen ihre Brust und murmelten Gebete. Fast fünf Minuten rieb Dombono das Messer, dann fuhr es wie ein Schlag durch seinen Körper, er beugte sich über den nackten Frauenleib und machte den ersten Schnitt. Stricker konnte es nicht verhindern ... als er eingreifen wollte, war es bereits geschehen.

Haut und Muskelgewebe waren durchschnitten, eine dünne, gelbliche Fettschicht ... schnelle Schnitte, so schnell, dass das Auge kaum folgen konnte, öffneten den Leib der Kranken ... und es blutete nicht! Kein Tropfen Blut quoll aus der Wunde, die durchtrennten Adern schienen blutleer. Wie beim Präparieren einer Leiche klaffte das

Operationsfeld auf, und wo nach jeglicher ärztlicher Erkenntnis jetzt ein Blutschwall hätte einsetzen müssen, da lag der geöffnete Leib sauber, wie in einem Lehrbuch, vor dem deutschen Arzt.

Er begriff es nicht. Er starrte in die Wunde, sah die Gallenblase, sah Dombonos flinke Hand und wie die anderen Priester-Ärzte jedes neue Messer, das sie ihm reichten, zuerst minutenlang zwischen den Handflächen rieben ... er sah, wie Dombono jedes Mal wie unter einem elektrischen Schlag zusammenzuckte, wenn er das Messer annahm.

Das ist wirklich Wahnsinn, durchfuhr es Stricker. Der Blitz der Götter ... aus den Händen der Priester sprang er über in die eisernen Instrumente. Eine völlig verrückte, unerklärbare Form der Koagulation ... ein elektrisch geladenes Messer, aufgeladen mit der unheimlichen Energie dieser fremden, immer rätselhafter werdenden Menschen!

Dombono arbeitete geschickt. Er exstirpierte nicht die Galle, er spaltete sie nur, holte die Steine heraus, räumte den Ductus choledochus aus, sorgte für einen ungehinderten Abfluss des Gallensaftes und begann endlich, mit einer unbekannten Pflanzenfaser und kleinen, gebogenen Geräten die Schnitte wieder zu vernähen. Die großen Bauchdeckenschnitte verklebte er mit einer gallertartigen Masse, in die er schmale Stoffstreifen tauchte.

Stricker hatte jegliches Zeitgefühl verloren. Er wusste nicht, wie lange diese unblutige Operation dauerte. Er wusste nur, dass er ein Wunder miterlebte. Unbeweglich, wie gelähmt, stand er neben Dombono, sah jeden Griff, jeden Schnitt, jeden Stich und begriff, dass hier alle chirurgischen Methoden und Lehrmeinungen widerlegt wurden. Es war ungeheuerlich, war mit dem normalen Verstand einfach nicht fassbar.

Dombono gab ein Zeichen. Zwei Ärzte hoben den noch betäubten Körper der jungen Frau vom Tisch und legten ihn auf das einfache Bett. Noch immer atmete sie regelmäßig, mit tiefen, kräftigen Atemzügen. Keine Kreislaufstütze war notwendig, keine Infusion, kein Überführen in eine Wachstation, um die kommenden kritischen postoperativen Tage aufzufangen … die junge Frau schlief, als habe man nie ihren Körper berührt, den Leib geöffnet, die Galle gespalten.

Stricker drehte sich um. Das Fenster in der Wand war am Erlöschen. Das diffuse Licht, das die Göttin von Urapa umgab, verlosch. Er sah noch, wie der Goldglanz um sie her verblasste, wie sie untertauchte im Dunkel, wie die Wand wieder massiv wurde – polierte Steine, wie ein Mosaik zusammengefügt.

Dombono tauchte seine Hände wieder in die große Goldschüssel und wusch sie. Die anderen Ärzte verließen stumm den Raum. Zurück blieb nur die operierte junge Frau, nackt und schön, ein paar Stoffstreifen über dem flachen Leib. Über ihrem Gesicht lag ein Lächeln. Sie träumte.

»Habe ich Sie überzeugt, Herr Doktor?«, sagte Dombono mit seiner dunklen Stimme.

»Ich bin betäubter als diese Frau …« Stricker wischte sich den Schweiß vom Gesicht. Dombono hielt ihm eine Art Handtuch hin, einen Stoff aus gewebten Pflanzenfasern. »Wenn ich jemals in die Lage komme, das zu berichten … es glaubt mir keiner. Man wird mich in die nächste psychiatrische Anstalt abtransportieren.«

»Sie werden nicht in diese Lage kommen.« Dombono sagte es ganz ruhig, obwohl es Strickers Todesurteil war. »Glauben Sie nun, dass wir in der Lage sind, auch den Prinzen Sikinophis zu operieren?«

»Ich befürchte … ja.«

»Sie befürchten es?«

»Das Risiko ist größer. Hier liegt eine Frau. Ihr Tod wäre

keine Komplikation ... die Götter wollten es eben, um mit Ihnen zu sprechen. Aber Sikinophis' Tod durch Ihre Messer ... das ist etwas anderes! Die Königin will eine Garantie.«

»Darum sind Sie hier! Sie kennen die Krankheit, sagen Sie. Gut! Ich schneide, Sie geben die Anweisungen. Wir gewinnen oder verlieren gemeinsam.«

»Ich kann Ihnen nicht helfen, Dombono.« Stricker schüttelte den Kopf. Die junge Frau schien aufzuwachen, sie seufzte leise, und ihre Augenlider flatterten. Wenn sie jetzt würgt, dachte er, wenn sie sich erbricht, wie bei einer Äthernarkose, platzt das alles wieder auf. Diese verklebten Wunden können nicht halten, bei allem Götterwunder nicht.

Er sah sich um. Sie waren völlig allein. Kein Arzt mehr, keine Schwester, kein Instrumententisch. Platzte die Wunde auf, hatte man nur seine eigenen Hände. Und mit denen kann man keine Wunde schließen. Oder konnte Dombono auch das ...?

»Auch wenn Sie mich und meine Freunde töten, weil ich mich weigere«, sagte Stricker heiser, »es läuft doch auf das Gleiche hinaus. Sie haben mir gesagt: Jetzt, wo Sie Sikinophis berührt haben, ist sein Leben mit Ihrem Leben verbunden. Ob wir also operieren und verlieren dieses Vabanque-Spiel, oder ob wir abwarten, bis der Prinz stirbt ... Wir sind nicht mehr zu retten, Sie und ich. Hier kann nur ein wirklicher Chirurg helfen!«

»Ich bin ein Chirurg!«, sagte Dombono fest.

»Die Blitze der Götter helfen Sikinophis nicht! Die Exzision eines osteoiden Osteoms ist etwas anderes als eine Gallenspaltung.«

»Sie hätten auch diese nicht für möglich gehalten!«

»Das gebe ich zu!« Stricker beobachtete jetzt die junge Frau. Sie hatte die Augen aufgeschlagen und blickte um sich. Schmerzen schien sie nicht zu spüren ... wie alle, die aus der Narkose erwachen, schien auch sie verwundert zu sein, dass alles vorüber war. Ihr Blick wanderte zu Stricker, dankbar, demütig, als habe er ihr geholfen. Er schüttelte den Kopf und zeigte auf Dombono.

Plötzlich wurde die Tür aufgerissen! Einer der Priester-Ärzte erschien und rief Dombono etwas in unverständlicher Sprache zu. Dombono hob den Kopf, starrte Stricker an und winkte mit einer eckigen Bewegung. Der junge Priester schien sehr aufgeregt, sein hellbraunes Gesicht war leicht verzerrt. Er zögerte etwas, warf sich dann herum und rannte davon. Irgendwo in den weiten Hallen des Tempelbezirkes dröhnten jetzt die Gongs. Von draußen schallten Trompetentöne. Es war eine Aufregung, die Stricker beinahe körperlich spürte. Dombono lehnte sich an den OP-Tisch.

»Die Stadt ist in Aufruhr«, sagte er seltsam ruhig. »Die Soldaten rücken aus. Die erste Wache ist überfallen worden; man hat den Mann betäubt und ihm die Uniform ausgezogen! Ein Fremder ist in Urapa eingedrungen. Es ist das erste Mal, dass dies gelungen ist!«

Zwei Schwestern erschienen und rollten die junge Frau aus dem Zimmer. Sie lächelte Stricker zu und hob zaghaft die rechte Hand zum Gruß. Dombono zeigte auf den anderen Ausgang, durch den sie hereingekommen waren.

»Das ändert vieles«, sagte er hart. »Gehen wir! Sie und die anderen werden so lange mit Durst und Hunger an der Tempelmauer hängen, bis wir den Fremden gefunden haben. Urapa ist wichtiger ... wichtiger sogar als Sikinophis!«

Eine halbe Stunde später befand Stricker sich wieder in seinem Käfig hoch über der Stadt. Er konnte sehen, wie Kolonnen von Soldaten in die Berge zogen. Sie waren jetzt die einzigen Lebewesen in diesem Haufen ineinander verschachtelter Steinhäuser. Die Bewohner hatten sich verkrochen wie Tiere, die eine Gefahr wittern und sich in ihrem Bau verstecken.

Oben, auf der Spitze der Tempelpyramide, im heiligsten Bezirk, stieg eine dünne Rauchsäule auf.

Gott der Freiheit und des Sieges, hilf uns!

»Was ist los?«, schrie Albert Heimbach. Er hatte sich heisergebrüllt und war nun so erschöpft, dass er kraftlos auf seinem Käfigboden lag.

»Haben Sie operiert?«, fragte Peter Löhres.

Veronika saß in ihrem Käfig und starrte in die Tiefe. Sie brauchte nicht zu fragen ... Strickers Schweigen war Antwort genug.

»Wir bekommen Besuch«, sagte er nach einer geraumen Zeit.

»Besuch?« Sie hob den Kopf. »Wer?«

»Das weiß eben keiner. Jemand hat die Wache überfallen und marschiert in Uniform auf die Stadt zu. Er muss komplett verrückt sein. Seine Chance ist gleich Null. Wir aber werden hier oben vertrocknen, wenn sie ihn nicht finden ...«

Das war der Augenblick, da Albert Heimbach laut zu beten begann.

Das Gefühl im Nacken, mit jedem Schritt einer ausweglosen Situation näher zu kommen, marschierte Alex Huber in seiner schwarzen Lederschuppen-Uniform die Straße dahin. Die Leute, die ihm begegneten und ihn an das alte Ägypten oder Assyrien erinnerten, beachteten ihn nicht, sondern trieben ihre Esel vor sich her in schmale Seitenwege. Dort wucherte üppig der Urwald, überzog die Felsen mit riesigen Pflanzen. Ihm war es jetzt auch klar, warum niemand aus der Luft diese Straße sehen konnte. Die Felsen und die Bäume stießen in einer Höhe von vielleicht zehn Metern fast zusammen ... er ging wie in einem riesigen

Tunnel, und nur ein schmaler Streifen Himmel gab der Straße Licht.

Da aber öffnete sich plötzlich die Felsenbarriere. Ein weiter Talkessel lag vor ihm, man sah seltsam gewölbte Berge, und dann breitete sich die Stadt zu seinen Füßen aus ... ein Märchengebilde, wie in das Innere einer Kugel gebaut, Häuser und Straßen, riesige Mauern und pyramidenähnliche Bauten, Gärten auf unzähligen Terrassen, Wiesen und Felder ... ein aufgeschlagenes Bilderbuch versunkener Zeiten. Eine Legende, die Wirklichkeit war?

Alex Huber lehnte sich an eine Felsennase und wischte sich über die Augen. Das ist nicht wahr, sagte er sich und reagierte so wie jeder moderne Mensch. So etwas gibt es nicht!

Er schloss die Augen, er riss sie wieder auf ... aber das Bild blieb. Er hörte den Lärm auf den Straßen, all das Gewirr von Tönen, aus dem das Leben besteht. Und dann sah er die hohe Tempelmauer, die Stadt wie einen Schild beherrschend, und hoch oben an der Mauer vier winzige, schwarze Käfige, in denen etwas herumkroch, das an gefangene Käfer erinnerte. Sein Herz wollte fast versagen. Die Stadt begann sich vor seinen Augen zu drehen.

Das sind sie, durchfuhr es ihn. Dort ist Veronika. Ich weiß es, auch wenn ich sie nicht erkenne. Sie hängt über der Stadt. In einem Käfig wie ein seltenes, gefährliches Tier ...

11

Die fremden Menschen, die an ihm vorbeigingen, blickten ihn kurz und, wie es schien, auch verwundert an. Um nicht aufzufallen, ging Alex weiter, den Lederhelm mit dem Nasenschutz tief ins Gesicht gezogen. Etwas ganz Verrücktes fiel ihm auf diesem Weg in die Stadt ein: Wie benimmt sich ein Soldat in diesem sagenhaften Land, wenn er einem Vorgesetzten begegnet? Grüßt er ihn, wie alle Soldaten der Welt ihre Offiziere, und wie grüßt er ihn? Woran erkennt man die Vorgesetzten? Hier war die erste Möglichkeit, sich zu verraten.

Er strengte sein Gedächtnis an und stellte sich beim ersten Haus an die Wand, abseits der Straße. Wie sahen die Offiziere aus, die an der Spitze der Marschkolonne gegangen waren? Hatten sie Zeichen an ihrer Lederschuppen-Uniform, eine andere Kopfbedeckung? Er konnte sich nicht daran erinnern. Er war von dem Anblick so fasziniert gewesen, dass er auf diese Unterschiede nicht achtete.

Jetzt tastete er sich vorsichtig durch die fantastische Stadt. Er vermied die breiten Straßen, ging durch die verwinkelten, verschachtelten Gassen, blickte stolz über die anderen Bewohner hinweg – in der verzweifelten Hoffnung, dass auch hier eine Uniform den Träger vom »gemeinen Zivilisten« abhebt, wie es überall der Fall ist, wo ein Staat sich auf die Macht des Militärs verlässt. Er schien richtig zu denken … niemand sprach ihn an, die Frauen machten ihm Platz auf den engen Gassen, die Kinder sahen ihn fast mit Scheu an. An eines aber dachte er nicht: Er trug in der rechten Hand seine Arzttasche, und das war etwas so Ungewöhnliches für die Menschen von Urapa, dass sie ihn für einen Kurier hielten, der eine unbekannte Eroberung zum Kommandanten brachte.

Sein Ziel konnte er nicht verfehlen. Die riesige Tempelmauer war das Wahrzeichen der Stadt. Wo man auch stand, man sah sie immer. Sie war der Mittelpunkt dieser eigenen kleinen Welt, ein Sitz der Götter, die immer gegenwärtig waren.

Und an der Mauer hingen die vier Käfige ... jetzt sah er sie deutlicher, und er erkannte die Menschen hinter den eisernen Gittern. Eine Frau war dabei. Sie saß auf dem Boden des Käfigs und schien etwas zu sich zu nehmen. Veronika.

Als er den großen Platz erreichte, den Palast und Tempel umgrenzten, war sein Weg zu Ende. Unterhalb der Mauer standen die Wachen. Ein ständiges Kommen und Gehen am unteren Tempel verhinderte ein weiteres Vordringen. Ganz oben, im heiligsten Bezirk, schwebte eine dünne weiße Rauchwolke über der Spitze der Pyramide ... das ewige Feuer zu Ehren der Sonne.

Er starrte hinauf zu den Käfigen. Die Menschen hinter den Gitterstäben bewegten sich wie fremde Wesen ... sie waren so weit von der Erde entfernt, dass man ihre Gesichter nicht erkennen konnte. Einer von ihnen rüttelte jetzt an den Gittern – es war Albert Heimbach, der seine Verzweiflungs- und Angstschreie ausstieß –, aber hier unten hörte man seine Stimme nicht.

Auch Alex Huber spürte jetzt, wie sich in ihm eine Art Panik ausbreitete. Bloß das nicht, dachte er. Keine Unüberlegtheiten! Ruhe, mein Junge, Ruhe ... auch wenn dort oben Veronika wie ein seltenes Tier hängt, auch wenn das alles hier nicht nur fantastisch, unwirklich, sondern auch bis zur Unerträglichkeit grausam ist! Nicht die Nerven verlieren! Du bist der einzige, der sie retten kann, auch wenn du nicht weißt, wie du das jemals erreichen kannst ...

An die Käfige kommt keiner heran! Es gibt kein sichereres Gefängnis! Wie lange hängen sie schon an der riesigen Tempelmauer? Vom ersten Tage an? Und sie sind noch nicht wahnsinnig geworden?

Er starrte zu den Käfigen empor, hinter einer niedrigen Wand stehend, die einen kleinen Garten von einem Haus trennte. Aus dem Haus kam ein rhythmisches Hämmern ... eine Goldschmiede, die im Auftrag der Priester goldene Schalen und Opfergefäße aus gewalzten Goldplatten trieb.

Plötzlich schien die Stadt den Atem anzuhalten. Ein das ganze Tal erfüllender dumpfer Gongton ließ die Menschen erstarren. Dann fielen andere Gongs ein, von allen Seiten trieb der Schall über die Stadt. Die Leute rannten in ihre Häuser, die Straßen waren plötzlich leer, selbst die Tiere wurden mitgezerrt, und die Hunde folgten mit hängenden Köpfen den Menschen.

Alarm, dachte Huber und zog die Schultern hoch. Es ist wie bei uns, damals im Krieg ... Fliegeralarm, die Sirenen heulen, und alles läuft in die Luftschutzkeller, verkriecht sich, wartet auf die Katastrophe, betet heimlich, dass alles gut vorübergehe.

Noch immer dröhnten die Gongs. Aus der Kaserne neben dem Palast strömten die Soldaten. Hornisten bliesen auf merkwürdig geformten, dem Schneckenhaus nachgebildeten und aus Bronze gegossenen Trompeten. Es waren Signale.

In einzelnen Gruppen marschierten sie dann ab, der Bergstraße entgegen, über die er gekommen war. Der Alarm gilt mir, dachte er und duckte sich hinter die niedrige Mauer. Sie haben den überfallenen und beraubten Soldaten gefunden. Vielleicht auch den Jeep ... sicher haben sie ihn inzwischen entdeckt, ich habe ihn ja sichtbar genug hingestellt. Wer hatte vor Tagen auch gedacht, dass hier eine Stadt lebt, an der die Jahrtausende vorübergegangen sind? Wer konnte überhaupt so etwas denken?

Er wartete, bis die Soldaten abgezogen waren. Nur die Wache am Fuße der Tempelmauer blieb zurück ... sechs schwarze Lederschuppen-Menschen, unbeweglich wie aus Lavastein gehauen. Sechs gegen einen ... das war keine Chance mehr.

Er blickte über den Rand der Gartenmauer. Man müsste auf die Mauerkrone kommen ... Da sind die Treppen an den Tempelseiten, Stufen, die in den Himmel führen. Treppen von einem Ausmaß, dass einem schwindelt, wenn man nur hinaufblickt. Wie viel Stufen mögen es bis zur Mitte der Pyramide sein, dort, wo die Mauer aufhört und der zweite Heilige Bereich beginnt, den nur die Priester betreten dürfen? Dreihundert Stufen? Vierhundert? Man kann es nicht schätzen ... Und wenn es nur zweihundert sind ... wie kann man über zweihundert Stufen klettern, ohne gesehen zu werden? Nicht einmal ein Käfer bliebe unbemerkt!

Die Gongs schwiegen. Von ferne schwebte nur noch der Klang der bronzenen Muschelhörner herüber. Sonst war es geisterhaft still in der Stadt. Ein Tal mit toten Häusern, einsamen Straßen, leeren Gärten und verlassenen hölzernen Wagen.

Die Treppe! Alex Huber starrte wieder hinauf zu Veronika. Die Treppe. Nur über sie führt der Weg zu ihr. Ich werde sie aus ihrem Käfig nicht herausholen können, aber sie soll wissen, dass ich hier bin. Ein schwacher Trost, der ihr einen Funken Hoffnung gibt. Und bei der Hoffnung wird es bleiben ... hier kann man nichts mehr tun. Selbst wenn man ein Funkgerät hätte und General Bikene verständigen könnte, selbst wenn die Truppen von Uganda diese Stadt stürmen würden ... zuerst würde man die Gefangenen töten, und keiner könnte es verhindern.

Er saß geduckt hinter der niedrigen Gartenmauer und beobachtete die Wachen. Sie standen wie die Klötze, unbeweglich, ohne den Kopf zu drehen, den Blick stur geradeaus. Das ist meine Chance, dachte er. Wenn ich von der Seite komme, sehen sie mich nicht, und das Verkriechen der Menschen in ihre Häuser ist mein zweiter Verbündeter. Die Stadt ist leer – es gibt keine Augen mehr, die diese unendliche Treppe anstarren könnten.

Langsam, im Schutze der Gartenmauer, kroch er weiter. Er kroch an den Hauswänden entlang, bis er dem Blickfeld der Wachen entzogen war. Dann richtete er sich auf und sprang von Haustür zu Haustür, bis er der riesigen Treppe gegenüberstand. Nur etwas galt es noch zu überwinden ... den großen verlassenen Platz zwischen den Häusern und dem heiligen Bezirk.

Nur ein Platz ... etwa vierzig Meter breit. Vierzig lächerliche Meter ... aber vierzig Meter ohne Deckung, vierzig gefährliche Schritte ins Leere, dreißig Sprünge ins Ungewisse. Dann war man am Fuß der Treppe und dies bedeutete zweihundert Stufen in einen schweigenden Himmel hinein ...

Unmöglich, dachte er. Sein Herz hämmerte wie rasend, in seinen Schläfen rauschte das Blut. Ich bin in keiner ausgestorbenen Stadt. Tausende lauern hinter den Fenstern ... ich werde keine zehn Schritte über den freien Platz kommen.

Er zögerte immer noch, blickte sich um und spürte, wie die Nerven unter seiner Hirnschale zu glühen begannen. Er sah die Soldaten nicht nur auf Bergstraßen marschieren ... wie bei einem Straßenkampf werden sie in Trupps zu fünf Mann Haus um Haus, Gasse um Gasse, Straße um Straße durchkämmen. Sie lassen nichts aus in dieser Stadt ... keinen Garten, keine Ecke, keinen Winkel ... Man würde ihn jagen wie eine Ratte ...

Es blieb ihm keine andere Wahl: Hinter sich der Ring der suchenden Soldaten, vor sich der weite Tempelplatz, die Riesentreppe, die Mauer mit den Käfigen ... Veronika ...

Ich bin Soldat, sagte er sich. Verdammt ja, warum versteckst du dich? Du trägst eine Uniform. Die einzigen Menschen, die jetzt diese Straßen bevölkern, sind Soldaten. Hier fällt jetzt alles auf, was nicht eine Uniform trägt. Aber sie wissen ja, dass ich in ihrer Kleidung in die Stadt gekommen bin – das erschwert die Suche. Nur einer, der sich versteckt, ein Soldat, der sich auffällig benimmt, wird gesucht …

Frechheit, hilf mir, dachte er … dann marschierte er los, den Helm tief im Gesicht, und steuerte die Treppe an. Er blickte nicht nach rechts und nicht nach links. Er überquerte den freien Platz und stand am Fuß der Treppe.

Vierzig Ewigkeiten, vierzig Mal ein Tritt gegen den Tod: Wach auf! Schlag zu! Ich bin es, den du suchst … Aber nichts geschah! Huber blieb stehen und holte tief Atem. Sein Nacken brannte, als läge die ganze Sonne auf ihm. Er blickte die Treppe hinauf, diese Stufen, die im Himmel zu enden schienen, und er biss die Lippen zusammen.

»Das schaffe ich nie!«, sagte er zwischen den Zähnen. »Mein Gott, das ist unmöglich!« Er warf den Kopf schnell zur Seite. Oben hingen die Käfige, unten standen wie aus Stein gehauen die Wachen. Und die Stadt regte sich nicht. Vor seinen Augen verschwammen die Stufen unter einem ätzenden Nebel … Mir läuft der Schweiß in die Augen, sagte er wie ein Fiebernder. Ich bin nass, als wäre ich in einen Fluss gefallen. Ich löse mich auf im Angstschweiß. Die Treppe! Die Treppe …

Er ging weiter. Stufe um Stufe, nicht hastig, nicht auffällig, so, als habe er den Befehl erhalten, eben diese Treppe zum Tempel emporzusteigen.

Jetzt sehen sie mich alle, dachte er beim Weitersteigen. Alle Soldaten, die die Straßen durchsuchen. Das ist er nicht, werden sie sagen. Das kann er nicht sein. So viel Unverfrorenheit gibt es nicht. Steigt vor unseren Augen zu den Gefangenen hinauf … das ist unmöglich. Sucht weiter, Leute!

Wer hat diese Treppe erfunden? Der Ahnherr aller Teufel? Wer hat den Gedanken gehabt, einen Weg aus Stufen zu bauen? Das grausamste Gehirn, das je gedacht hat. Gott! Ich verfluche alle Treppen! Aber guter Gott, hilf mir ...

Jede Stufe wurde zum Kampf gegen die Schwere, die wie Blei in seinen Beinen lag. Jeder Schritt wurde zur brennenden Qual. Und die Treppe wuchs und wuchs, und jede Stufe, die er überwunden hatte, schien eine unsichtbare Hand wieder über ihm aufzuschichten. Weiter, befahl er sich. Im gleichen Tempo weiter! Du bist ein Soldat, du hast einen Befehl. Hunderte sehen dich jetzt, du bist mit diesen Treppen aufgewachsen, sie gehören zu deinem Trainingsprogramm. Zweihundert Stufen? Lächerlich, Mann!

Ab und zu schielte er zur Seite. Jetzt war er auf der Höhe der Käfige an der Mauer, jetzt einige Meter über ihnen. Die Gefangenen sahen ihn auch, starrten zu ihm hinüber. Er hörte Heimbachs hysterische Schreie zum ersten Mal, er erkannte Veronikas blonden Kopf, sie stand am Gitter und hatte den Arm ausgestreckt. Sie zeigte auf ihn, und der Mann im Nebenkäfig – es war Doktor Stricker, der Arzt – rief ihm sogar etwas zu.

Aber er verstand es nicht, und das war gut so. Denn Stricker schrie ihm zu: »Verdammt! Sie Narr! Hören Sie mich? Ich weiß, dass Sie hier eingedrungen sind! Tun Sie die verdammte Tasche weg! Sie Vollidiot! In Urapa-Uniform und dann mit einer europäischen Tasche in der Hand! Hören Sie mich?«

»So 'wat von Blödheit!«, brüllte nun auch Peter Löhres. »Äwwer Mut hät er doch ...«

Alex Huber stieg weiter die Treppe hinauf. Links ging die Mauer mit, und als er glaubte, er müsse zusammenbrechen und die unendlichen Stufen wieder hinabrollen, hatte er das Mittelstück erreicht. Hinter der Mauer lief ein breiter Gang entlang, erst dann setzte sich der Pyramidenbau fort. Von unten konnte man diesen Einschnitt nicht sehen.

Er schwenkte ab, verließ die Treppe, und mit diesem letzten Schritt wurde er unsichtbar. Die Mauer verdeckte ihn ... er ging wie in einer großen Rinne. Da begann er zu rennen, warf den Kopf in den Nacken, keuchte und atmete schwer. Er besaß nun wirklich keine Kraft mehr. So sank er gegen die Mauer und hielt sich an den vorspringenden Steinen fest. Über ihm wuchs die Tempelwand empor, dahinter das Allerheiligste und die ewige Flamme.

Er schloss die Augen, pumpte wie ein vom Würgen Befreiter Luft in sich hinein, und jeder Atemzug war ein stechender Schmerz, der in seine Brust schnitt.

Nicht umfallen, sagte er zu sich. Bleib auf den Beinen, Alex Huber! Du hast es geschafft! Du bist auf der Mauer! Herunterkommen wirst du nie mehr, aber du hast getan, was unmöglich schien. Es ist kein Sieg, nur eine billige Demonstration, die nicht mehr einbringt, als Veronika nahe zu sein.

Nicht mehr?

Er holte ein paar Mal tief Luft, dann war er wieder frisch genug, um weitergehen zu können. Genau in der Mitte der Mauer hängen sie, dachte er dabei. Stehe ich jetzt in der Mitte? Er schaute vorsichtig die Mauer entlang, dann riskierte er einen Blick in die Tiefe.

Unter ihm, vielleicht zehn Meter entfernt, hingen die Käfige an großen eisernen Haken. Die Menschen in ihnen starrten zu ihm hinauf.

»Sie sind ein dämlicher Hund!«, rief Stricker ihm zu. »Was wollen Sie hier? Warum sind Sie nicht umgekehrt und haben Hilfe geholt? Ihr Unternehmen ist völlig sinnlos!«

Huber nickte. Er hat Recht, dachte er. Aber hier ist alles sinnlos, auch Hilfe von außen. Es gibt keine ausweglosere Situation als die unsere.

Er kletterte an der rissigen Rückseite der Mauer etwas höher und beugte sich über die Mauerkrone.

»Veronika!«, schrie er. »Vroni! Bleib ganz ruhig stehen! Noch leben wir …«

Veronika umklammerte die Eisenstäbe. Diese Stimme traf sie wie ein Blitz. Sie konnte keine Antwort geben … sie spürte, wie alles um sie her zerstob und wie ihr Aufschrei in ihr blieb und sie zerriss. Sie sank zu Boden und verlor das Bewusstsein.

12

Paul Stricker war der erste, der sich von der allgemeinen Überraschung erholte. Peter Löhres starrte mit offenem Mund zu Alex Huber hinauf, und Albert Heimbach, dem Wahnsinn nahe, rieb seine Stirn wie ein wildes gefangenes Tier an den Gitterstäben.

»Ich ahne, wer Sie sind«, sagte Stricker. »Veronika hat viel von Ihnen gesprochen, gerade in den letzten Tagen. Das ist wörtlich zu nehmen: Es sind unsere letzten Tage ...«

»Deshalb bin ich hier!«, sagte Huber. Er lag über der Mauerkrone, genauso hilflos wie die Gefangenen in ihren Käfigen. Unten in der Stadt kämmten die Suchtrupps der Soldaten noch immer Straße um Straße, Haus um Haus durch. Sie sahen wohl den Mann oben auf der Tempelmauer, aber niemand hielt es für möglich, dass er der gesuchte Fremde war. So viel Mut – oder so viel Dummheit, wie man's nimmt – war unwahrscheinlich.

»Deshalb sind Sie hier!«, wiederholte Stricker. Sein Sarkasmus brach trotz ihrer verzweifelten Lage wieder durch. »Sie sind also aus Deutschland angereist, um sich dem Regengott von Urapa zu opfern? Ich hätte mir eine schönere, freiwillige Todesart ausgesucht. Ihnen ist doch klar, dass Sie nur noch höchstens eine Stunde da oben stehen! Wieso sind Sie überhaupt in Uganda?«

»Haben Sie denn angenommen, Ihr Verschwinden wäre unter den Tisch gefallen? Seit zehn Tagen sind die Zeitungen davon voll! Das ugandische Militär ist in Alarmzustand, die ganze Welt nimmt Anteil an der Suche, in Kampala und Entebbe wimmelt es von Reportern, obwohl eine Nachrichtensperre verhängt worden ist. Man glaubt, dass irgendwelche Guerillatruppen, die regierungsfeindlich sind, die kleine Jagdgesellschaft entführt haben um jetzt ihre Geiselforderungen zu stellen. Man wartet.« Huber deutete auf die Stadt. »Wer denkt denn an so etwas! Das ist ja ein lebendiges Märchen.«

»Ein verdammt blutiges Märchen!« Stricker blickte hinüber zu Veronika. Sie lag noch immer ohnmächtig im Käfig; man konnte ihr nicht helfen. »Und wenn wir Geiseln wären ... würde man den Preis für uns bezahlen?«

»Nein!«, sagte Huber hart. »Ich habe mit einigen Ministern gesprochen. Sie lassen sich nicht erpressen! Schon gar nicht mit Menschen. Was bedeutet schon ein Mensch?«

»Genau das habe ich erwartet. Und da haben Sie sich auf eigene Faust aufgemacht, um zu zeigen, wie viel nach unserer Mentalität ein Mensch wert ist.«

»So ähnlich! Ich habe Afrikaerfahrung ...«

»Ich weiß. Angelika hat mir alles erzählt. Aber was nützt sie Ihnen jetzt? Was ist hier mit Mut und Ausdauer noch auszurichten?«

»Ich habe Sie gefunden ... immerhin etwas. Die anderen sausen draußen in der Steppe und in der Savanne herum und verhören jedes Dorf, ob Rebellen vorbeigezogen sind. Sie suchen auch hier in den Bergen, vor allem mit Hubschraubern ...«

»Die sehen gar nichts.«

»Das weiß ich jetzt auch. Aber ich bin hier!«

»Sehr schön! Das beruhigt! Grüß Gott, lieber Kollege!« Stricker zeigte um sich. »Darf ich bekannt machen: Peter Löhres aus Köln. Albert Heimbach aus Hannover. Veronika kennen Sie. Ich bin Paul Stricker, Internist. Ihren Namen habe ich nur noch halb im Ohr. Alex, glaube ich, nicht wahr?«

»Alex Huber.« Er spürte deutlich die Ironie der Situation. Da hängt man in Käfigen an einer Tempelmauer, weiß, dass das Leben nur noch Stunden zählt, und dabei stellt man sich vor wie auf einem Partyparkett. »Sie halten mich wohl für einen Idioten, Herr Stricker?«

»Ich habe immer eine tiefe Abneigung gegen falsches Heldentum gehabt, lieber Kollege. Sie sind doch auch Arzt?«

»Ja.«

»Ich habe fast die ganze Welt gesehen. Reisen ist meine Leidenschaft, sie kommt gleich nach den Frauen.« Stricker lehnte sich ans Gitter. »Ich kann es mir leisten – ich habe eine renommierte Privatklinik und gute Oberärzte. Ich bin ein Globetrotter, wissen Sie. Ich will wissen, auf welcher Kugel wir leben, ehe ich sie wieder verlassen muss. Ich habe allerdings nicht eingeplant, dass es auf diese Weise ist ... als Götteropfer in einem unbekannten Stadtstaat, der fünf Jahrtausende zivilisatorischer Entwicklung an sich hat vorbeigehen lassen. Bewusst vorbeigehen lassen ... wegen eines uralten Königstestamentes, das ein ewig glückliches Volk garantieren soll! Urapa, das Land ohne Krieg und Verbrechen ... seit Jahrtausenden! Verdammt, das *ist* faszinierend.«

»Urapa heißt das also.« Huber blickte über die fantastische Stadt. Von den Bergen her tönten dumpfe Gongschläge. Die Suchtrupps meldeten, dass man immer noch nichts gefunden hatte. »Sie sind gut informiert, Herr Kollege.«

»Von der Gottkönigin selbst.«

»Sagen Sie das noch einmal.«

»Sie heißt Sikinika und ist eine der schönsten Frauen, die ich je gesehen habe. Und ich verstehe was davon! Sie spricht sogar französisch ...«

»Das ist total verrückt!«

»Ihr Oberpriester und Chefchirurg Dombono spricht übrigens ein Englisch im Oxfordstil ...«

»Man kann den Sarkasmus auch übertreiben«, sagte Huber ärgerlich. »Tun Sie lieber etwas für Veronika.«

»Mehr als zu ihr hinpusten kann ich nicht. Sie hat sich bisher tapfer gehalten, sie war eigentlich die Mutigste von uns allen. Aber dann kommen Sie, und schon fällt Sie um. So hässlich sind Sie doch gar nicht …«

»Herr Stricker«, sagte Huber ernst, »in jeder anderen Lage würde ich sagen: Sie sind ein widerlicher Bursche.«

»Ich nehme es Ihnen nicht übel, Kollege.« Stricker lachte rau. Aber dieses Lachen hatte einen tragischen, gebrochenen Unterton. »Ich brauche das … sonst werde ich so verrückt wie unser Heimbach dort. Seien wir doch ehrlich: Worüber sollen wir jetzt reden? Über Möglichkeiten, aus den Käfigen hinauszukommen und zurückzuwandern zu den lieben, normalen Menschen? Wissen Sie eine Möglichkeit? Ich nicht. Sie auch nicht. Also quatschen wir Konversation! Solange, bis man uns ein paar Etagen höher auf den Opferstein legt, die Brust aufschneidet und unsere Herzen dem Regengott hinhält. Wenn's hilft, retten wir damit Urapa die Ernte. Dann hat das Sterben wenigstens einen Sinn … es sind Millionen ohne Sinn gestorben!«

Stricker beobachtete Veronika. Sie bewegte sich, ihre Beine zuckten, die Hände griffen um sich, aber sie war noch nicht bei sich. Der Schock war zu groß gewesen.

»Übrigens, eine interessante Sache, das wird Sie als Arzt interessieren: Sie operieren hier mit einer Art Elektromesser. Völlig unblutig! Sie haben es mir vorgeführt. Ich war überwältigt … Huber, glotzen Sie mich nicht an wie ein Kalb einen Regenwurm … Dombono und sein Ärzteteam reiben die eisernen Messer so lange, bis diese sich aufgeladen haben. Kaum zu glauben … aber ich habe eine unblutige Gallenspaltung mit Ausräumung des Choledochus demonstriert bekommen.«

»Man soll es nicht für möglich halten!«, schrie Peter Löhres plötzlich auf. Seine Nerven zerbrachen. »Wir sollen abgeschlachtet werden, und die Herren Doktoren unterhalten sich wie auf einem Kongress! Idioten! Idioten! Idioten!«

Albert Heimbach wurde durch diesen Ausbruch aus seiner Lethargie gerissen. Er hieb wieder mit der Stirn gegen die Gitter und brüllte sein heiseres, schreckliches »Hilfe! Hilfe!« hinaus.

»Sie können einem wirklich den Nerv rauben!«, sagte Huber stockend. »Vielleicht kann ich Sie befreien, wenn Sie zum Tempel hinaufgeführt werden ...«

»Womit denn? Wollen Sie die Soldaten und Priester umpinkeln?«

»Ich habe eine Pistole bei mir und vier Magazine.«

»Das sind dreißig Schuss! Brauche ich mehr zu sagen?«

»Nein!« Huber senkte den Kopf. Er starrte auf Veronika hinunter und wehrte sich gegen den Gedanken, dass man jetzt hier an einer Mauer klebte und nichts mehr tun konnte, als auf den Tod zu warten. »Wieso ... wieso hat man Sie so bevorzugt behandelt?«, fragte er heiser.

»Ach ja.« Stricker strich sich die grau melierten Haare aus dem Gesicht. Selbst jetzt wirkte diese Bewegung noch elegant ... eine makabre Eleganz. »Es ging um ein Osteom ...«

»Um was?«, fragte Huber total verwirrt.

»Ein osteoides Osteom. Der Sohn der Göttin – tatsächlich, sie hat einen, darin ist sie total menschlich, doch über den Vater wird nicht gesprochen – dieser Sohn hat so ein Ding am rechten Oberschenkel, nahe an der Gelenkpfanne. Der Junge hinkt, hat fürchterliche Schmerzen, und Dombono hat die Hosen voll, wenn er an die Behandlung denkt. Stirbt Sikinophis – so heißt der Knabe – unter seinen geriebenen Messern, ist auch er dran! Außerdem sieht er hier seine chirurgischen Grenzen. Und jetzt kommt der Witz.« Stricker lehnte sich an die Gitter und suchte in seinen Taschen. Aber dann entdeckte er, dass er keine Zigaretten mehr hatte. Seine Enttäuschung in diesem Moment bewies, dass er innerlich durchaus nicht so kalt war, wie er sich gab. »Der Gottessohn darf laut Testament seiner Ahnen die Stadt nicht verlassen, also muss man einen Arzt in die Stadt holen. Irgendwie hat man erfahren, dass ich Arzt bin, und so wurden wir überfallen und entführt. Das ist der wahre Grund. Nur: Ich bin Internist. Ich kann dieses Osteom zwar diagnostizieren, aber nie operieren. Machen Sie das mal der Königin und ihrem Oberpriester klar. Ich habe es versucht – es ist halb gelungen. Man hat uns allen die Freiheit versprochen, wenn ich Sikinophis von seiner Knochenwucherung befreie. Ich musste passen! Ob ich nun doch operiere oder Dombono nur Anweisungen gebe – die Sache geht hundertprozentig schief. Sie sehen, es gibt kein Entrinnen mehr.«

»Herr Kollege«, sagte Huber langsam. Dann schwieg er. Ein wahnwitziger Gedanke kam ihm und ließ ihn nicht mehr los. Er starrte auf Veronika, die sich zuckend bewegte, sah den bejammernswerten Heimbach an, den in seinem Käfig herumlaufenden Löhres, blickte hinunter auf die Stadt, die wie tot dalag, sah die suchenden Soldatentrupps …, hörte in der Ferne die Gongschläge und die Signale aus den Bronzehörnern. »Ich … ich bin Chirurg …«

»Was sind Sie?«, schrie Stricker. »Huber!«

»Ich bin Oberarzt der Chirurgischen Universitätsklinik …«

»Huber!« Paul Stricker spürte, wie seine Beine weich wurden. Er musste sich wie Heimbach an die Gitter klammern. »Wenn Sie vor mir ständen, würde ich Sie abküssen!«

»Ich habe sogar mein chirurgisches Besteck bei mir.« Huber griff nach unten und stellte seine Arzttasche auf den Mauerrand. »Ich reise nie ohne Handwerkszeug …«

»Gott im Himmel, die Wunder kommen wieder!« Strickers Stimme überschlug sich beinahe. Aller Sarkasmus –

dieser Panzer, den er um sich geschnallt hatte, um mit Anstand unterzugehen – zerbrach. »Sie ... Sie könnten operieren? Ein Osteom ...«

»Nichts einfacher als das.«

»Jetzt könnte ich Ihnen für Ihre Gelassenheit eine runterhauen! Nichts einfacher! Sie können uns damit das Leben retten ...«

»Genau daran denke ich.«

»Das bedeutet, dass Sie gleich die Treppe wieder hinuntermarschieren und sich gefangen nehmen lassen ...« sagte Stricker tonlos. »Huber, Sie sind doch kein Idiot!«

»Danke!« Alex Huber nickte zu Veronika hinunter. »Erklären Sie Vroni alles. Ich will nicht warten, bis sie aufwacht. Ich gehe sofort ...«

Stricker nickte. Er war jetzt unfähig, ein Wort zu sagen. Die letzte große Chance! Die einzige überhaupt! Man kann weiterleben! Nur weil ein Mann den völlig sinnlosen Mut hatte, allein seine verschwundene Verlobte zu suchen .... und dieser Mann ist ausgerechnet ein Chirurg und nimmt aus alter Gewohnheit sein chirurgisches Besteck mit. Ist das ein Wunder oder einer der fatalen Scherze des Schicksals?

»Die Operation muss gelingen, Kollege«, sagte Stricker mit großer Mühe. »Wenn Sie wüssten, unter welchen Bedingungen Sie operieren müssen ...«

»Sie wird gelingen!« Huber rutschte von der Mauerkrone. »Ich werde Sie als Assistenten anfordern ...«

»Nein! Lassen Sie das! Ich muss bei Veronika bleiben. Sie wird mich nötiger haben als Sie.«

»Das stimmt. Drücken Sie mir die Daumen ...«

»Ich drücke, was sich drücken lässt.« Stricker hob die Hand. Sie zitterte heftig.« Gott stehe Ihnen bei, Herr Doktor Huber ...«

Es war das erste Mal seit dreißig Jahren, dass er Gott zu Hilfe rief ...

Langsam ging Alex Huber zurück zur Treppe. Dort holte er noch ein paar Mal tief Luft, straffte sich kurz und trat dann hinaus auf die breite Steinstufe. Auf der Mitte der Treppe angekommen, begann er den Abstieg ... ein einsamer Mann in einer schwarzen Uniform aus Lederschuppen. Er nahm den Helm ab, damit jeder sehen konnte, wer er war ... Die Sonne beglänzte sein braunes Haar, das jetzt einen kupfernen Glanz bekam.

Er blickte nicht zur Seite zu den Käfigen, aber er hörte von dort Stimmengewirr. Und dann plötzlich traf ihn Veronikas Aufschrei. Er traf ihn wie ein Fausthieb. »Alex, Alex! Tu es nicht! Alex! Rette dich! Lauf weg, Alex ...«

Weiter, befahl er sich. Blick nicht zur Seite, sieh sie nicht an! Es gibt nur noch diesen einen Weg! Zweihundert Stufen hinab. Bleib in der Mitte, Huber, mach nicht schlapp, Kopf hoch ... Fuß um Fuß, Stufe um Stufe ... du sollst nicht schwanken, Huber, du darfst nicht zittern! Jetzt sehen dich alle, sie starren dich an, tausend Augen, und sie verstehen nicht, was dieser Mensch da macht.

Weiter, Huber, weiter! Nicht stehen bleiben. Noch hundertdreißig Stufen ... Wie muss das von unten aussehen: Ein einzelner kleiner Mann auf dieser riesigen Treppe ...

Er schwenkte seine Arzttasche, um keinen Zweifel mehr daran zu lassen, dass er der Gesuchte war. Um ihn herum erwachte die fantastische Stadt, die Straßen wimmelten jetzt von Menschen. Sie standen auf den Dächern, in den Höfen und Gärten, drängten zum großen Platz vor dem Tempel.

Stufe um Stufe ... Huber, auch wenn dir die Knie zittern, behalte das Tempo bei! Du musst diese verfluchte Treppe so hinabkommen, als wärest du der Sieger über Urapa. Und dabei trommelt dein Herz und es läuft dir der Schweiß in die Augen.

Von allen Seiten dröhnten jetzt Gongschläge und die Signale tönten aus den bronzenen Muschelhörnern. Auf dem großen Platz vor dem Tempel stellten sich die Soldaten auf … aus der Höhe wirkten sie wie ein einziger schwarzer Teppich.

Langsam, Schritt für Schritt, ging Alex Huber die Stufen hinunter. Wenn ich den Platz erreiche, ist schon die Hälfte gewonnen, dachte er. Falls ich ihn erreiche …

Die letzten Stufen.

Vor ihm wuchs ein Wald von Speeren auf; ein Gestrüpp von Eisenspitzen kam ihm entgegen. Noch nicht, dachte er verzweifelt. Noch nicht! Seht ihr nicht die Ledertasche? In dieser Tasche bringe ich das Leben eures Sikinophis … und das Leben Veronikas.

Wartet noch … um des Himmels Willen … wartet noch …

13

An der untersten Stufe der Treppe erwartete ihn Dombono. Huber wusste nicht, wer dieser Mann war, aber das goldbestickte Gewand, der wertvolle Kopfputz und die Tatsache, dass er allein an der Treppe stand, dass die Mauer der Speerspitzen erst zwei Meter hinter ihm begann und jede Sicht über den Platz versperrte – dies war ein deutliches Zeichen seiner Hoheit. Nach dem Bericht Strickers musste das der Mann sein, der nach der geheimnisvollen Königin und Göttin von Urapa der Mächtigste in diesem fantastischen Land war: Der Chirurg auch, der eiserne Messer zwischen den Fingern rieb, bis sie elektrisch so aufgeladen waren, dass man mit ihnen operieren konnte wie mit einem Koagulationsmesser.

»Sie sind mutig!«, sagte Dombono zur Begrüßung.

Er sprach tatsächlich ein gutes Oxfordenglisch – Huber hatte es für einen fatalen Witz Strickers gehalten.

»Wir haben Hochachtung vor dem Mutigen.« Dombono blickte über Hubers Kopf hinweg empor zur hoch in den Himmel ragenden Tempelspitze, dem Allerheiligsten. »Sie wissen, dass Sie sterben müssen.«

»So sicher ist das nicht.« Alex Huber stellte seine Arzttasche auf die letzte Steinstufe. Seine Beine waren gefühllos, in den Kniekehlen zitterte die Erschöpfung. Zweihundert Stufen hinauf, zweihundert hinunter, steile Stufen … so im Training war man auch nicht mehr, trotz sportlicher Ambitionen, dass man dies nicht spürte. Skilaufen, ein bisschen Tennis, Schwimmen … geradezu lächerlich gegen vierhundert Stufen, vor allem, wenn man sie in einer solchen Situation bewältigen muss – den Tod im Nacken!

Er blickte Dombono durch den Vorhang seines Schweißes, der seine Augen verklebte, an. »Wenn ich um ein Glas Wasser bitten dürfte ...« sagte er mit englischer Kühle. Wenn schon in diesem Bilderbuchstaat jemand Englisch spricht wie ein Oberhausabgeordneter, dann spielen wir dieses makabre Spiel auch englisch weiter.

Dombono rührte sich nicht. »Wer sind Sie?«, fragte er steif. »Wie haben Sie den Zugang zu Urapa gefunden?«

»Durch Zufall, Glück, mit Spürnase, durch Gottes Hilfe – wie immer Sie wollen. Ich weiß es selbst nicht. Ich musste einfach weiter – Felsbarrieren, Wasserfällen, Schwindel erregenden Pfaden und verfilzten Regenwäldern zum Trotz ... Ich hatte so ein Gefühl: Dort irgendwo muss Veronika sein.«

»Sie haben Miss Ruppl gesucht? Es war also kein Zufall?«

»Nein! Miss Ruppl ist meine Verlobte. Nachdem die ganze Welt Anteil am geheimnisvollen Verschwinden der Reisegruppe genommen hatte, bin ich sofort nach Uganda geflogen. Wir dachten alle an Rebellen.«

»Wir sind keine Rebellen.«

»Wer konnte dies ahnen?«

»Wir sind ein friedliches Volk.«

»Darüber könnte man diskutieren.« Huber wischte sich den Schweiß vom Gesicht. Eine Galgenfrist, dachte er. Sie stechen nicht gleich mit den Speeren auf dich ein. Rede, mein Junge, rede dir deinen Kopf frei! Jedes Wort ist eine Sekunde Leben! »Es ist nicht die feinste Art, Gäste in Käfigen an Tempelmauern aufzuhängen.«

»Sie werden bald daneben hängen«, sagte Dombono hart.

»Auch dies bliebe abzuwarten.« Er konnte jetzt klarer sehen; der Schweiß war aus den Augen gewischt. Der Platz vor ihm war schwarz von Menschen, sie standen so dicht dass keiner sich mehr rühren konnte. »Natürlich können Sie mich neben die anderen an die Mauer hängen und mich dann Ihrem Regengott opfern ... aber davon wird Sikinophis nicht gesund. Er wird weiter lahmen, furchtbare Schmerzen erdulden und eines Tages elend sterben ...«

Nur weiterreden, Huber, dachte er. Und wenn es der größte Quatsch ist! Erzähl ihnen medizinische Dinge, für die man dich in München mit einem Tritt aus der Klinik jagen würde. Schildere ihnen das dämliche Osteom wie einen Knochenkrebs; mach ihnen klar, dass es Metastasen über den ganzen Körper ausstreut, vor allem ins Gehirn – fabriziere die tollsten Märchen ... hier sind allein Worte die Garantie für ein Weiterleben ...

Dombono starrte Alex aus finsteren Augen an. Sein dunkles Gesicht war zu einer steinernen Maske geworden. »Was weißt du von Sikinophis?«, fragte er leise.

»Alles, was auch Doktor Stricker weiß. Er hat den Tod in der Hüfte, und keiner kann ihn herausholen.« Huber ging jetzt die letzte Stufe der rissigen Treppe hinunter. Neben dem mächtigen Dombono wirkte er ausgesprochen klein, trotz einer Größe von immerhin einsachtundsiebzig. Militärmaß, bei der Musterung ermittelt.

»Es hilft nur eine Exzision – wie wir das nennen.«

»Wir werden ihn operieren«, sagte Dombono steif.

»Sie nicht. Ich nehme an, ich spreche mit Herrn Dombono? Doktor Stricker nannte Sie den Chefchirurgen, aber er macht ja noch Witze, wenn er oben auf Ihrem Opferstein liegt. Damit beruhigt er sich selbst. Ich bin da anders ... ich habe eine verdammte Angst, Herr Dombono, und ich will auch nicht sterben. Gilt Ihr Angebot noch, dass alle Gefangenen freikommen, wenn die Operation gelingt?«

»Das Angebot kommt von der Göttin.« Dombono blickte wieder über Alex Huber hinweg zur Pyramidenspitze hinauf. »Ich bin dagegen.«

»Wir sollten uns das überlegen.« Alex Huber bückte sich und ergriff seinen Arztkoffer. Sofort zuckten die Speerspitzen vor. Er schüttelte den Kopf und lächelte schief. »Nein, da ist keine Bombe oder Geheimwaffe drin. Dombono – ich bin Arzt. Chirurg. Ich erkläre mich bereit, den Jungen zu operieren.«

»Sie sind …« Dombono blickte ihn forschend an. Nur einen Augenblick hellte sich seine Miene auf, dann erstarrte sie wieder. »Sie wollen mehr können als wir?«

»Ich habe schon etliche Osteome ausgeräumt. Vor allem bei Kindern. Sie springen heute herum wie junge Lämmer.« Das versteht er, dachte er. Das ist ein Begriff, der ihn überzeugt. Wie ist überhaupt so etwas möglich? Spricht ein gepflegtes Englisch und denkt mit dem Hirn der Pharaonen? Es ist zu verrückt, um wahr zu sein, aber es ist Tatsache! Hinter mir hängen vier Käfige an einer Mauer. Hängt Veronika hinter Gittern, gefangen wie ein wildes Tier …

»Kommen Sie mit!«, sagte Dombono streng. Er winkte hoheitsvoll. Die Mauer der Eisenspitzen öffnete sich und es entstand eine Gasse bis hinüber zu dem riesigen Tor, das von zwei Fabelwesen aus Gold bewacht wurde: Gebilde aus Menschengliedern, Vögelköpfen und Löwentatzen.

Der Palast also, dachte Huber. Ich habe es geschafft! Vroni, ich habe es tatsächlich geschafft! Sie bringen mich zu dieser Göttin! Sie töten mich nicht! In einer Stunde bist auch du wieder auf der Erde, heraus aus dem Käfig dort oben in der luftigen Höhe! Das ist meine erste Bedingung, sonst operiere ich nicht.

Plötzlich kam er sich sehr stark vor. Er spürte, welche Macht er im Augenblick in Urapa besaß. Man brauchte ihn, in seinen Händen lag vielleicht das Wertvollste, was dieses Märchenreich sein eigen nannte.

Hoffentlich ist es auch ein Osteom, dachte er, als er an der Seite Dombonos durch die Gasse der schwarzledernen

Soldaten ging. Gebe Gott, dass sich Doktor Stricker nicht geirrt hat. Ist es dagegen ein Knochenkrebs ... Veronika, dann rettet uns nichts mehr. Da bin ich machtlos ...

Vor dem haushohen Eingang des Palastes blieb er stehen und blickte zurück zur Tempelmauer. Er konnte die Menschen in den Käfigen nur undeutlich erkennen, sie waren so klein wie helle Käfer ... aber er sah doch, dass sie alle an den Gittern standen und zu ihm herunterstarrten. Stricker musste ihnen alles erklärt haben. In welcher Hoffnung lebten sie jetzt! Mit welchem letzten, verzweifelten Glauben dachten sie jetzt an ihn!

Dombono legte ihm seine große Hand auf die Schulter. Es war, als durchrieselte ihn plötzlich ein eigenartiger Strom. Das ist es, was Stricker erzählte, dachte er. Die rätselhafte Kraft. Dieser Mensch ist ein geballtes Strahlenbündel an Energie.

»Holen Sie die Käfige herunter!«, sagte Huber laut.

»Nein!«

»So wenig ist Ihnen Ihr zukünftiger König wert?«

Dombono antwortete nicht. Er stieß ihm die Faust in den Rücken, und es war ein brutaler Stoß, dessen Schmerz bis unter die Hirnschale zuckte. Dombono trieb ihn vor sich her in den Palast.

Wie lange Alex Huber zwischen den leuchtenden goldenen Wänden mit den wundersamen Zeichen und Bildern gewartet hatte, wusste er nicht – es kam ihm unendlich lange vor. Er stand allein in dem hohen Raum, in völliger Stille. Dann ging er zögernd umher und suchte die Tür, durch die er hineingestoßen worden war. Aber überall war nur das gehämmerte goldene Metall ... eine Wand aus fantastischen, fugenlosen Bildern. Sie schienen die Geschichte von Urapa zu erzählen ... Jahrtausende des Glücks in einem Tal, das wie das Innere der Erde war.

Hubers Schritte waren die einzigen Laute, die es hier gab.

Sie hallten in dem domhohen Raum so durchdringend, dass sie schmerzten. Er empfand sie wie Hammerschläge auf den Schädel. So blieb er stehen und wartete.

Endlich öffnete sich die Wand. Dombono tauchte auf, von dem unerklärbaren geisterhaften Licht umgeben, dessen Quelle unerkennbar war. Hinter ihm schoben zwei andere Priester das Bett herein, auf dem, eingehüllt in golddurchwirkte Schleier, Sikinophis lag. Er rührte sich nicht … Unbeweglichkeit, Erstarrung schien in Urapa das Zeichen der Gottheit zu sein … Und Stille, diese schreckliche, tötende Stille!

Huber blieb mitten im Raum stehen. Das Bett stand zwei Meter von ihm entfernt; die Priester entfernten sich lautlos. Dombono zeigte auf den Knabenkörper.

»Ich wiederhole, was ich Doktor Stricker gesagt habe: Wenn Sie den Sohn der Sonne berühren, ist Ihr Leben mit dem seinen unlösbar verbunden.«

Huber nickte. Ein Krampf befiel seine Kehle. Jetzt fällt die erste Entscheidung, dachte er. Untersuchung, Diagnose, das Urteil, ob man operieren kann oder nicht. Die Prognose, von der unser Leben abhängt. Veronikas Leben …

»Was soll das?«, sagte er, heiser vor unterdrückter Spannung. »Warum liegt er auf dem Bett? Er soll aufstehen und herumgehen.«

Dombono starrte Huber an, als habe dieser gerade Sikinophis ermordet. Der Knabe rührte sich nicht, nur seine Finger bewegten sich kaum merklich. Sie strichen nervös über die gestickte Unterlage.

»Was ist denn?«, sagte Huber laut. »Er soll sich bewegen.«

»Unmöglich!« Dombono hatte sich von dem Schrecken erholt. »Er krümmt sich vor Schmerzen.«

»Das will ich sehen!«

»Niemand darf sehen, wie sich der Sohn der Sonne quält!«

»Mit Ausnahme seines Arztes. Und ich bin jetzt sein Arzt!«

Von irgendwoher kam eine Stimme ... unwirklich schwebend, wie aus eisigen Zonen. Töne einer Sprache, die vielleicht wie eine Melodie klang, wenn sie nicht von dieser kalten Stimme kämen.

Dombono legte die Hände flach über die Brust und Huber wandte sich um. In der goldenen Wand strahlte ein Lichtfleck, so hell, dass er wie geblendet die Augen zusammenkniff. Aber er erkannte noch, dass in dem gleißenden Licht eine Frauengestalt stand, der Sonne ähnlicher als einem Menschen.

Der Junge auf dem Bett richtete sich auf. Das Licht in der Wand erlosch. Huber starrte dorthin, wo gerade noch die Göttin von Urapa gestanden hatte. Und dort war nichts als eine goldene Wand, übersät mit Bildern aus Urapas Historie.

»Sikinophis wird aufstehen«, sagte Dombono finster. »Sein Anblick verbindet Ihr Leben mit ...«

»Das wird langsam langweilig!« Alex Huber winkte ab. »Ich kenne jetzt das Ritual zur Genüge! Ihre Königin scheint die einzig Vernünftige zu sein. Ich möchte nachher mit ihr sprechen.«

»Wenn sie will ...«

»Ich glaube kaum, dass eine Mutter nicht interessiert, was ihr Kind hat. Ich habe als Arzt mit ihr zu reden. Allein ...«

Dombonos Augen blitzten. Aha, dachte Huber. So ist das hier. Eigentlich nicht viel anders als bei uns. Der Futterneid der Ärzte. Dombono ist hier der »Ordinarius«, seine Lehrmeinung gilt. Jetzt kommt ein anderer und sagt etwas anderes … und schon bricht der medizinische Krieg aus. Wie immer auf Kosten der Patienten. Darin ist dieses Urapa ein völlig moderner Staat. Alle Ärzte könnten Brüder sein.

»Er steht!«, sagte Dombono mit einem bösen Unterton.

Huber wandte sich um. Sikinophis stand neben seinem Bett, Kopf und Körper noch immer verhüllt von dem goldenen Schleier. Er hatte die Größe eines vierzehnjährigen Jungen und schien hinter seinem glitzernden Vorhang den neuen fremden Arzt aufmerksam zu mustern.

»Kann man mit ihm reden?«

»Er spricht französisch.«

Ein neues Rätsel. Huber trat einen Schritt vor. Der Junge straffte sich, hielt sich aber noch an der Bettkante fest.

»Ich habe keine Ahnung, wie man Prinzen anredet«, sagte Huber auf Französisch. »Bleiben wir bei meiner Art. Wie alt bist du?«

Dombono zuckte zusammen. Er sagt einfach DU zu ihm! Er spricht ihn an wie einen Gassenjungen. Dafür müsste er sofort mit seinem Kopfe büßen.

»Fünfzehn!«, antwortete Sikinophis. Seine Stimme war an der Grenze zwischen Kind und Mann. Stimmbruch, konstatierte Huber nüchtern. Also auch da ist er normal. Und von diesem Augenblick an war er nur Arzt. Er befand sich nicht mehr in der fantastischen Stadt Urapa, stand nicht in einem goldenen Raum einem Gott gegenüber, sondern vor ihm stützte sich ein Kind gegen ein Bett, ein krankes Kind, das eine Knochenwucherung am rechten Oberschenkel und unerträgliche Schmerzen hatte. Ein »Fall«, um medizinisch zu denken. Mehr nicht.

»Kannst du gehen?«

»Schlecht.«

»Versuch es. Wenn es sehr wehtut, bleib stehen …«

Der Junge machte ein paar Schritte. Er hinkte dabei,

blieb dann abrupt stehen und schien zu schwanken. Huber sprang zu ihm und hielt ihn fest. Jetzt habe ich ihn berührt, durchfuhr es ihn. Jetzt ist mein Leben sein Leben, oder umgekehrt. Es gibt in diesem Fall kein Zurück mehr.

»Hast du große Schmerzen?«

»Ja«, kam es kläglich unter dem goldenen Schleier hervor.

»Leg dich wieder hin.« Er führte Sikinophis zum Bett zurück und half ihm hinauf. Dann entblößte er den Unterkörper des Jungen.

Doktor Stricker hatte Recht. Deutlich war der Knochenauswuchs nahe am Gelenk zu spüren – ein fester, dicker Knoten, bereits so groß wie eine Säuglingsfaust. Jetzt röntgen können, dachte Huber. Das wird sich Stricker auch gewünscht haben. So muss ich auf gut Glück aufmachen. Ist es kein Osteom, haben wir Pech gehabt. Aber einen anderen Weg als die Operation gibt es nicht.

»Was ist es?«, fragte der Junge. »Muss das Bein weg?«

»Das wollen wir nicht hoffen.« Ich möchte sein Gesicht sehen, dachte Huber dabei. Ich möchte sehen, wen ich da unters Skalpell bekomme. Ich will kein Stück Fleisch aufschneiden – ich muss mit dem Menschen unter meinem Messer einen Kontakt haben. Vielleicht ist das altmodisch aber ich bin nun mal so.

Mit einem Ruck riss er den goldenen Schleier vom Gesicht des Jungen. Im Hintergrund stöhnte Dombono dumpf auf. Es gab keine größere Entweihung eines Gottes.

Huber ließ betroffen den Schleier fallen. Vor ihm lag ein Kind mit fast weißer Haarfarbe und blauen Augen. Ein schönes Gesicht, umrahmt von blonden Locken.

»Ich werde dich heilen«, sagte Huber spontan. »Hab keine Angst! Und jetzt will ich deine Mutter sprechen.«

Der blonde Lockenkopf nickte, und zwei blaue Augen strahlten ihn an.

14

»Sind Sie fertig?«, fragte Dombono. Er stand dicht hinter Huber, seine tiefe Stimme hämmerte auf ihn ein. Was hier soeben geschah, hatte die uralten Traditionen Urapas weggewischt.

»Für heute – ja!« Huber deckte den Schleier wieder über den Jungen. Er war noch ganz gefangen von der Schönheit des Kindes und von dem Blick dieser Augen.

Blond und blauäugig ... was für eine Frau war die so genannte Göttin? Wer war der Vater dieses Jungen? Was hatte sich hier vor fünfzehn Jahren abgespielt? Wo war der Vater dieses Kindes?

»Ich habe mir ein Bild gemacht«, sagte Huber. »Es ist meine Pflicht als Arzt, die Eltern über alle Folgen und möglichen Komplikationen der Operation aufzuklären.« Er sah Dombono herausfordernd an. »Ich brauche vor allem das Einverständnis des Vaters.«

»Es gibt keinen Vater!«, sagte Dombono hart.

»Was?« Doktor Huber sah dem Bett nach, das zwei Priester wieder aus dem Zimmer schoben. »Wachsen bei Ihnen die Kinder auf den Bäumen wie Äpfel?«

»Ihre Neugier wird Sie umbringen, Doktor Huber!«

»Meine Neugier hat mir schon viel geholfen, Dombono.« Er lächelte kampfeslustig, aber er wusste, dass es nur ein schiefes Lächeln wurde. »Wäre ich sonst hier? Der Vater des Jungen ist tot?«

Dombono gab keine Antwort. Die Wand öffnete sich wieder auf geheimnisvolle Weise, sie verließen das Zimmer und kamen durch lange Gänge bis in jenen Raum, in dem auf dem goldenen Podest der edelsteingeschmückte Thron stand. Sikinika saß auf dem Sessel, unbeweglich eine herrliche Götterstatue von unwirklicher Schönheit. Alex Huber hielt unwillkürlich den Atem an. Er stand nicht unter dem ungeheuren Druck von Leben oder Tod wie vor Tagen sein Kollege Stricker. Die Rollen hatten gleiches Maß: Hier eine Mutter, die um ihr Kind bangt und die doch eine Göttin sein muss … dort der Arzt, der als Einziger helfen konnte.

Huber blickte sich um. Dombono war gegangen. Er war allein mit Sikinika.

»Erwarten Sie von mir nicht, dass mir Ihr Anblick heilige Schauer über den Rücken jagt, Madame«, sagte er und bewunderte seinen eigenen Mut. »Wir sind allein, ich nehme an, dass niemand mithören kann. Versteckte Mikrofone dürfte es vor viertausend Jahren noch nicht gegeben haben. Wir sollten deshalb wie normale Menschen miteinander sprechen … das Gottsein heben wir auf für den offiziellen Teil.« Er machte eine knappe Verbeugung. »Ich bin Doktor Huber. Chirurg aus München. Ich habe Ihren Sohn untersucht und bin bereit, ihn zu operieren. Ich knüpfe aber daran einige Bedingungen.«

»Man stellt mir keine Bedingungen!«

Eine Stimme, wie im Tiefkühlschrank gefroren. Und trotzdem eine Stimme, die jeden Mann faszinieren musste. Während sie sprach, bewegte sich nichts in ihrem Gesicht, nicht einmal die Lippen. Sie könnte Bauchredner sein, dachte er … ein verrückter Gedanke! Jeder Mensch muss doch beim Sprechen die Lippen bewegen. Er wandte sich an die Königin: »Wenn wir solche Feststellungen treffen – vor allem, wenn sie endgültig sein sollen –, brauchen wir gar nicht weiterzureden. Ihr Sohn hat ein osteoides Osteom. Nach dem Testergebnis – ich kann ja nicht röntgen – müsste es sich um ein Osteoma eburneum handeln …«

»Reden Sie vernünftig!«, sagte die Frau in Gold scharf.

»Wird mein Sohn wieder gehen können? Ohne Schmerzen? Wird er geheilt sein?«

»Das hängt von vielen Faktoren ab. Ihre Ärzte mögen durch Reiben Messer elektrisch aufladen können, aber ob sie auch antiseptisch operieren können, ist eine große Frage. Wir haben ein großes Operationsfeld und damit ist die Anfälligkeit von Bakterien sehr vermehrt. Auch im Notfall reichen meine Antibiotika nicht aus. Das ist das eine Problem.«

»Das andere?«

»Die Vorbereitung. Blutuntersuchungen, der ganze Komplex der Laborarbeit, Narkosezwischenfälle, wenn nötig Bluttransfusionen. Ich muss Ihnen das sagen! Es ist nicht damit getan, einfach den Oberschenkel aufzuschneiden und das Osteom zu kürettieren. Es gibt hundert unvorhergesehene Dinge bei einer Operation.«

»Wir sind mutig!«, sagte Sikinika stolz. »Auch mein Sohn ist mutig, Herr Doktor Huber. Und Sie sind mutig.«

»Das nutzt uns gar nichts. Das ist zu wenig. Ich muss meine Patienten kennen.«

»Sie haben Sikinophis gesehen.«

»Ja, und er hat blonde Locken und blaue Augen. Herrliche blaue Augen.«

Das steinerne Gesicht bewegte sich nicht. Sie hat eine unheimliche Selbstbeherrschung, dachte er. Aber vor fünfzehn Jahren muss sie diese einmal verloren haben. Es gibt zwar schwarze Schafe unter weißen Lämmern, aber es gibt nie blaue Augen unter farbigen Menschen, wenn nicht irgendwann einmal jemand sich eine dunkle Rasse ausgesucht hat – mit seinen blauen Augen.

»Sie sollen ein Bein operieren, keine Augen!«, sagte Sikinika kalt. »Dombono hat Recht. Sie sind lebensgefährlich neugierig.«

»Erstaunlich! Man kann also doch mithören.«

»Ich höre und sehe alles.«

»Das ist das Vorrecht der Götter. Mir als Arzt aber müssen Sie zugestehen, dass ich weiß, dass Ihr Sohn auf normale Art gezeugt und auf normale Weise von Ihnen geboren wurde. Er ist kein Tropfen der Sonne, wie man ihn vielleicht einmal mit seinen blonden Haaren vor dem Volk bezeichnen wird!«

»Was wollen Sie?«, fragte Sikinika herrisch.

Jetzt bewegte sich ihr Mund, die Maske löste sich auf. Sogar ihre Finger bekamen Leben und begannen, über ihr goldgesticktes Kleid zu laufen. Sie ist nervös, dachte er. Göttin, du bist auch nur eine Frau wie jede andere.

»Mehr von Ihnen erfahren.«

»Sie erfahren gar nichts!« Ihre Finger wurden immer unruhiger, ihre Augen, von einer Farbe zwischen grün und schwarz, je nachdem, wie das Licht darauf fiel, blitzten ihn wütend an.

Überzieh es nicht, sagte er sich. Du hast dich schon sehr weit vorgewagt. Morgen wird sie gesprächiger sein ... jeden Tag ein bisschen mehr ... sie wird auftauen unter der Glut ihrer Angst um ihren Sohn. Denn operieren kann ich nicht sofort ... ich muss erst sehen, was Stricker hier unter »Krankenhaus« versteht, unter welchen Bedingungen ich arbeiten muss, wie groß das Risiko präoperabler Komplikationen ist. Ich werde Dombono ganz schön ins Schwitzen bringen ... vielleicht muss er sein ganzes »Krankenhaus« umstellen.

»Bleibt es bei dem Angebot der völligen Freiheit aller Gefangenen, wenn die Operation gelingt?«, fragte er schließlich.

»Ich breche nie mein Wort!«, sagte Sikinika stolz.

»Rückkehr in unsere Welt?«

»Ja.«

»Für alle?«

»Für alle.« Sikinika blickte ihn starr an. Jetzt sind ihre Augen grün, stellte er fest. Grün wie aus Türkis. »Sie lieben die blonde Frau?«

»Sie ist meine Verlobte. Sie sollten ihr ewig dankbar sein … ohne sie wäre ich jetzt nicht hier. Und niemand hätte Ihren Sohn operiert.« Er wagte es, bis an die Stufen des Podestes zu treten. Er wusste nicht, ob unsichtbare Augen ihn beobachteten. Aber niemand hielt ihn zurück. Er sah Sikinika jetzt aus der Nähe und war erneut fasziniert. Die Ebenmäßigkeit ihres Gesichtes war vollkommen. Ihre Blicke kreuzten sich und prallten wie Klingen aufeinander.

Wie ein glühender Schlag traf ihn die Erkenntnis. Er hielt Sikinikas Blick nicht aus … er senkte den Kopf und biss sich auf die Unterlippe. Bloß das nicht, dachte er erschrocken. Königin, Göttin, Mutter, heimliche Geliebte, was du auch bist … das ist Wahnsinn! Ich stehe hier nur als Arzt, als nichts anderes! Ich liebe Veronika und werde mich gegen alles wehren, was diese Liebe zerstören könnte.

Sikinika, es hat keinen Sinn! Verdammt, ich kenne diese Blicke! Eine Frau kann mit den Augen küssen … sie kann sich mit einem Blick hingeben … Sikinika, das ist Wahnsinn!

»Ich habe noch eine Bedingung!«, sagte er bewusst hart und unpersönlich. Er wusste, dass er jetzt der Frau, nicht der Göttin wehtat. Und er tat es mit voller Überlegung. »Ich verlange die sofortige Herunternahme der Käfige von der Mauer. Ich operiere nicht, solange die Käfige dort hängen!«

Durch Sikinikas Körper lief ein schnelles Zucken – die einzige Reaktion, dass diese Worte sie getroffen hatten. Sie verstand ihn genau … er hatte sich für Veronika entschieden. Und plötzlich hasste sie diese blonde Frau, wie sie einmal vor fünfzehn Jahren … Ihre Augen wurden dunkel. Es war, als ob der menschliche Glanz erlosch, und zurück blieb nur die große Pose einer Statue.

»Nein!«, sagte sie kalt.

»Der Regengott wird sich über die Herzen freuen …«

»Ich lasse die Männer herunterholen. Die Frau bleibt hängen.«

»Das habe ich mir gedacht.« Er wandte sich ab. Seine Stimme hallte in dem weiten Saal, als er die weiteren Worte mit dem Rücken zu Sikinika sprach. »Wer wird dem Jungen beibringen, dass er weiterhin hinken und Schmerzen ertragen muss, nur weil seine Mutter eine andere Frau mehr hasst, als sie ihren Sohn liebt …«

»Ich werde es ihm sagen!« Es war ein Schrei, der ihn fast in die Knie warf, so plötzlich brach er über ihn herein. »Ich will Sie nicht mehr sehen! Nie mehr! Nie mehr! Nie mehr!«

Die Wand öffnete sich vor ihm. Er verließ den Saal und prallte draußen fast gegen Dombono. In der Miene des Oberpriesters spiegelte sich Triumph. »Sie haben ein Zimmer im Krankenhaus«, sagte er fast freundlich.

Für Dombono war Huber schon tot, und das machte ihn plötzlich menschlicher. »Sie können sich frei bewegen und sich alles ansehen.«

»Danke! Ich verzichte darauf.« Jetzt spiele ich Vabanque, dachte er. Es kann schief gehen, aber ich kann auch alles gewinnen. Ich setze auf die Mutterliebe, der stärksten Kraft im Menschen. Ist Sikinikas erotische Liebe stärker, habe ich verloren.

»Holen Sie einen neuen Käfig, Dombono. Ich möchte bei den anderen an der Mauer hängen!«

Man war seiner Bitte nicht entgegengekommen. Er wurde durch lange Gänge geführt, kam in ein anderes Gebäude, das er sofort als Krankenhaus erkannte; hier wurde er in ein Zimmer mit steinernen Wänden und ohne Fenster gestoßen. Von oben, durch einen Lichtschacht, fiel Helligkeit herein.

Das Zimmer war karg möbliert ... ein Bett, zwei Stühle, ein Tisch, ein paar Eisenhaken an der Wand. Eher eine Zelle als ein Wohnraum. Er setzte sich aufs Bett und dachte an Veronika.

Was geschah? War dieses Zimmer nur Zwischenstation? Holte man ihn nachher ab, um ihn an der Tempelmauer emporzuziehen?

Er hatte die unausgesprochene, doch unverhohlene Liebe einer Göttin abgewiesen ... kann man das überleben?

Geräusche vor der dicken Bohlentür ließen ihn aufhorchen. Instinktiv wich er zur anderen Wand zurück, auch wenn es sinnlos war, sich zu wehren. Sie kamen, um ihn zu holen. Wie schnell das ging! Sie mussten Käfige auf Vorrat haben. Was hatte er anderes erwartet?

Mitleid mit dem kleinen Sikinophis überdeckte plötzlich alle anderen Gefühle und Gedanken in ihm. Er konnte den Verlauf der Krankheit voraussehen, er wusste genau, dass eines Tages die Schmerzen diesen Jungen zum Wahnsinn treiben würden. Und keiner konnte ihm hier helfen, bis irgendeine andere Krankheit ihn endlich erlöste. An dem Osteom konnte er nicht sterben, es sei denn, ein gütiger Gott verwandelte es in Osteomyelitis, die – unbehandelt – eine Sepsis auslösen konnte.

So stirbt ein Kind mit dem Kopf eines Engels, weil seine Mutter einen Mann aus Liebe hasst. Ein Kind mit langen blonden Locken und blauen Augen ...

Die Tür sprang auf und krachte gegen die Steinwand. Soldaten in schwarzen Lederschuppen-Uniformen stellten sich links und rechts der Tür auf, wie zu einer Parade.

Sie machen es feierlich, dachte er bitter. Wie eine Exekution, nur der Trommelwirbel fehlt. Vielleicht haben sie ihn draußen an der Mauer ...

Und er begriff nicht, was er dann sah. Es überrollte ihn wie eine riesige Woge, die ihm Worte, Atem, Herzschlag und Verstand zerschlug. Ein Wesen stürzte in das Zimmer … mit ausgebreiteten Armen, die sich um ihn schlangen – Lippen, die sich über sein Gesicht tasteten, ein Gesicht, das er kannte und doch nicht mehr mit dem Verstand wahrnahm … eine Stimme, die er immer im Ohr hatte und die jetzt verzerrt und unwirklich klang … und immer wieder diese Lippen … Küsse … Tränen … sein Gesicht wurde nass von diesen Tränen … etwas hing an ihm und zerrte ihn nach vorn … und dann wieder die Stimme … diese Stimme … »Alex, Alex! Mein Liebling! Alex …« Und die Lippen … Küsse … Tränen … das Gesicht, wie durch einen Nebel …

Er taumelte gegen die Wand und dachte: Jetzt sterbe ich! Mein Herz hat aufgehört zu schlagen. Ich habe keinen Atem mehr. Ich bin blind! Ich bin stumm.

Aber er sagte laut: »Veronika! O Gott, mein Gott … Veronika!«

Und dann starb auch dieses Wort, weil sich ihre Lippen sanft auf seinen Mund legten.

15

Man ließ ihnen Zeit, dieses Wiedersehen auszukosten. Sie küssten und drückten sich an sich, sie stammelten Koseworte, die im keuchenden Atem zerflatterten, und es war so viel Hoffnung und Verzweiflung, so viel Liebe und Angst zwischen ihnen, dass niemand sich rührte und jeder zu Boden blickte oder sich abwandte. Endlich unterbrach Paul Stricker die über allen lastende Stille.

»Was haben Sie erreicht, Herr Kollege?«, fragte er. »Als man uns aus den Käfigen holte, dachten wir: Jetzt ist es zu Ende. Unser Freund Heimbach war kaum noch bei Sinnen.«

»Entschuldigt.« Albert Heimbach, von dem Augenblick an, da er wieder auf der Erde stand, halbwegs vernünftig, hob mit einer Geste der Hilflosigkeit die Arme. »Ich weiß, ich habe mich unmöglich benommen. Aber die Angst … ich will doch nicht sterben … ich habe einfach durchgedreht.«

Huber löste sich aus Veronikas Armen. Sie presste das Gesicht an seine Brust und weinte hemmungslos. Hinter Stricker, Heimbach und Löhres stand noch ein anderer Mann im Zimmer. Bleich, mit einem eingefallenen, ausgezehrten Gesicht und hohlen Augen. Ein blonder Bart überwucherte Kinn und Wangen.

»Ach ja …« sagte Stricker. »Der Fünfte im Bunde: Bret Philipps. Unser Reiseleiter. In der Steppe hat ihn ein akuter Malariaanfall umgeworfen. Die Priester von Urapa haben ihn gerettet. Mir wäre er an dem hohen Fieber zerplatzt. Ich hatte ja nichts bei mir. Wer denkt denn bei einer harmlosen Safari an solche Komplikationen?«

Bret Philipps trat aus dem Hintergrund. Er streckte Huber die Hand hin und drückte sie. »Danke«, sagte er knapp. Mehr nicht. Wer in Afrika als Sohn britischer Farmer geboren ist, den kann nichts mehr erschüttern. Aber dieses kurze »Danke« umschloss alles, was zu sagen war. Und das war eine ganze Menge.

»Die Kerle verfügen in ihrer Apotheke tatsächlich über erstaunliche Mittel«, sagte Stricker. »Sie haben Philipps in zwei Tagen völlig fieberfrei gemacht und dann hochgepäppelt. Und das alles mit Pflanzensäften, die blumige Namen tragen. Balsam des Mondes, Blut der Sonne, Flüssiger Schatten der Nacht. Man sollte das auch bei uns einführen ... der Pharmazie-Umsatz würde sich verdoppeln bei unserer romantischen Welle ...«

Der alte Sarkastiker ... es schien Stricker sehr gut zu gehen. Was man ihm nicht ansah, war der leise Kummer, der über seinem Herzen lag. Veronikas demonstrative Liebe zu Alex Huber zerstörte eine kleine, heimlich genährte Hoffnung in ihm. In den Tagen der Not war Veronika für Paul Stricker etwas mehr geworden als nur eine zufällige Reisebekanntschaft. Jetzt war er froh, nie darüber gesprochen zu haben, auch nicht andeutungsweise. Er erkannte, dass er nie eine wirkliche Chance besessen hatte.

»Operieren Sie?«, fragte Stricker. Die Spannung ließ seine Stimme beben.

»Vielleicht ...« Alex streichelte Veronikas zuckenden Kopf und legte beide Arme um sie. Sie kroch in seine Umarmung wie ein kleines ängstliches Mädchen. Aller Mut, alle Kraft, die sie bisher gezeigt hatte, diese ungeheure Stärke, die sie in dem furchtbaren Käfig hatte ausharren lassen, zerfloss in diesem Weinen.

»Was heißt vielleicht?« Stricker starrte ihn betroffen an. »Ist Sikinophis inoperabel?«

»Das glaube ich nicht, obgleich das Osteom ein ziemlicher Brocken ist und man das wahre Ausmaß der Wucherungen erst nach der Eröffnung feststellen kann. Wir haben ja kein Röntgen hier.«

»Was also hält Sie ab, Kollege?«

»Die äußeren Umstände. Ich muss erst sehen, ob ich völlig steril operieren kann.«

»Das kann ich Ihnen versichern. Wir leben hier zwar etliche Jahrtausende vor Christi Geburt, aber Dombono und seine Priester-Ärzte haben eine verblüffend moderne Operations-Abteilung.«

»Ich werde sie mir ansehen.«

»Kollege Huber!« Stricker wurde sehr ernst. »Auch wenn Sie keinen OP vorfinden wie in Ihrer Uni-Klinik ... Sie müssen operieren!«

»Ich weiß. Aber es ist Ihnen doch klar, dass wir so lange fest gehalten werden, bis dieser Sohn der Sonne wieder laufen kann! Die Operation allein ist nicht so wichtig ... die Nachbehandlung macht mir Sorge. Angenommen: Er bekommt eine Sepsis.«

»Um Gottes Willen, denken Sie nicht an so etwas!«

»Oder ich muss das Bein amputieren, weil es kein Osteom, sondern ein Osteosarkom ist! Machen Sie das mal einer so genannten Göttin klar, dass ihr Sohn verloren ist, trotz aller ärztlichen Kunst. Normale Mütter glauben das schon nicht, geschweige denn diese heilige Sikinika! Vor allem Dombono wartet darauf ...«

»Er ist die Schlüsselfigur, das stimmt.« Stricker setzte sich auf den einzigen im Zimmer vorhandenen Stuhl.

»Es kommt mir so vor, als wolle er gar nicht die Heilung, sondern wartete auf den Tod des Jungen.«

»Haben Sie ihn gesehen, Stricker?«

»Ich habe ihn doch untersucht!«

»Aber er hatte den goldenen Schleier über dem Gesicht?«

»Natürlich.«

»Ich habe ihn heruntergerissen!«

»Sind Sie verrückt?«

»Seine Mutter war dabei.«

»Verdammt! Ihren Mut möchte ich haben ...«

»Er hat eine fast weiße Haut, blonde Locken und hellblaue, schöne Augen. Ein Engelskopf! Und das in Urapa! Die Göttin muss vor fünfzehn Jahren einen Ausrutscher gemacht haben, von dem sich das Volk offenbar noch nicht erholt hat.«

»Jetzt kann ich Dombonos Benehmen verstehen. Er will nicht, dass dieser Junge einmal Gottkönig von Urapa wird. Mensch, Huber, Sie haben da eine verdammte Aufgabe übernommen. Retten Sie Sikinophis, sind wir frei, aber Dombono wird versuchen, den Jungen irgendwie umzubringen. Stirbt der kleine Kerl auf dem OP-Tisch oder postoperativ, schlitzt man uns auf und opfert unsere Herzen dem Regengott. Was Sie machen – es ist immer das Falsche!« Stricker klemmte die Hände zwischen seine Knie. Sie zitterten heftig.

»Wie kommen wir da nur wieder raus?«

»Wir sollten Dombono töten!«, sagte Bret Philipps mit britischer Gelassenheit.

»Verrückt!«

»Haben Sie einen anderen Vorschlag, Doktor?«

»Nein!« Stricker schüttelte den Kopf. »Dombono hat die ganze Priesterschaft hinter sich. Es gibt hier zwei Gruppen: Die Priester und die Anhänger der Königin. Sikinika weiß das genau. Sie ist ganz einsam, deshalb sitzt sie so auf ihrem goldenen Thron. Im Grunde ein armes Weib! Alles was sie hat, ist ihr Sohn. Dass sie es durchgesetzt hat, uns zu entführen, nur weil ich ein Arzt bin, der ihrem Jungen vielleicht helfen könnte, muss einen kleinen Palastkrieg ausgelöst haben. Anscheinend steht auch das Militär auf ihrer Seite. Jetzt spielt Dombono die Rolle des großen Helfers.« Stricker sah Alex Huber nachdenklich an. »Sie werden nicht nur gegen ein Osteom, sondern auch gegen Ihre Kollegen von Urapa kämpfen müssen.«

»Das ist mir klar.«

Veronika hatte sich beruhigt. Sie löste sich aus Hubers Armen und wischte sich die Tränen vom Gesicht. »Warum sagt man es Sikinika nicht?«, fragte sie. Ihre Stimme schwankte noch.

»Sie weiß es doch.« Huber ging zur Tür seines Zimmers. Sie war nur angelehnt, aber draußen auf dem Gang standen vier schwarzlederne Soldaten. »Probieren wir es«, sagte er fest.

»Was?« Paul Stricker sprang vom Stuhl auf.

»Ich gehe jetzt hier hinaus! Mal sehen, was dann passiert.«

»Bleib! Bitte bleib!«, rief Veronika. »Warum das Schicksal herausfordern, Alex?«

»Ich meine auch, Sie sollten nicht provozieren, Huber.« Stricker schielte zu den stummen Soldaten hinüber. Heimbach begann wieder zu schwitzen. Löhres setzte sich auf den Stuhl, den Stricker soeben freigegeben hatte. Sein kölsches Mundwerk schien er oben im Käfig eingebüßt zu haben. Bret Philipps dagegen zeigte Gelassenheit.

»Soll ich gehen?«, fragte er.

»Sie haben gar keine Chance, Bret.«

»Sagen Sie das nicht. Ich konnte im Krankenhaus herumspazieren, als ich wieder leidlich fit war. Eine süße Krankenschwester begleitete mich. Als normaler Patient hätte ich mich an sie bestimmt rangemacht.«

»Versuchen wir's!« Huber stieß die dicke Bohlentür weit auf. Die Soldaten rührten sich nicht. »Ich gehe allein. Alle zusammen – das könnte man als Fluchtversuch auslegen, obgleich es nichts Blöderes gibt. Aber darauf wartet Dombono ja nur. Ich sehe mir jetzt meine Klinik an.«

»Sie sind mir sympathisch.« Paul Stricker klopfte Huber auf die Schulter. »Sie haben die gleiche kalte Schnauze wie ich. Aber darunter ist es verdammt weich.«

»Sie sagen es.« Alex lächelte. »Wenn ich meinen Beinen gehorchen würde, läge ich jetzt flach!«

Er machte den ersten Schritt aus dem Zimmer. Veronika hielt den Atem an und biss sich entsetzt in die zum Mund gezogenen Fäuste. Löhres und Heimbach starrten stumm in den Gang. Bret Philipps kaute an den Nägeln.

Langsam, als gehe er spazieren, ging Alex Huber weiter. Er passierte die vier Soldaten, die über ihn hinwegblickten, als existiere er gar nicht. Aber als er an ihnen vorbei war, schwenkten sie herum und folgten ihm. Ihre Stiefel klatschten auf den Steinboden.

Huber drehte sich nicht um ... nur sein Nacken versteifte sich ein wenig. Von hinten töten sie mich nicht, dachte er. Das ist der Vorteil soldatischer Ehrbegriffe: Man kämpft Aug in Aug. Ich habe nie viel vom Militär gehalten, aber jetzt tue ich ein klein wenig Abbitte.

Er ging weiter, der Flur machte einen Knick, er kam in einen breiteren Gang und befand sich im Bettentrakt des Krankenhauses. Einige Schwestern liefen mit Tabletts herum, in einem Zimmer der Station saß ein Priester und las in Krankenblättern.

Der Stationsarzt.

Wie bei uns, dachte Dr. Huber fast belustigt. Verrückt so etwas! In der Mitte der Station muss die Teeküche liegen, daneben das Schwesternzimmer. Wenn das wirklich so ist, schreie ich laut Scheiße! Das muss man mir einfach zugestehen!

Es war so. In der Mitte des breiten Ganges eine Art Küche, daneben ein Raum mit Stühlen und einem Bett. Für die Nachtschwester.

Er blieb stehen. Dombono kam ihm entgegen – urplötzlich war er vor ihm aufgetaucht – anscheinend alarmiert vom Stationsarzt. Seine beiden Oberärzte begleiteten ihn. Wie bei uns, dachte Huber wieder.

Der Chef naht.

»Scheiße!«, sagte er laut, als Dombono vor ihm stand.

»Wieso?« Dombonos Gesicht verfinsterte sich. »Was missfällt Ihnen so?«

»Nichts! Ich löse nur ein Versprechen ein. Ich komme mir vor wie in unserem Kasten in München. Natürlich ist alles anders, vom Technischen her gesehen, aber die Grundidee ist identisch. Dombono, seien Sie ehrlich: Sie haben sich moderne medizinische Bücher beschafft. Urapa bleibt wie vor Zeiten – ich weiß – das Testament der Könige! Aber dort wo es am wenigsten auffällt, haben Sie alles umorganisiert nach weltlichem Muster. Und wenn es nicht gegen alle Königstestamente wäre – Sie würden zu gerne Ihr Krankenhaus dem neuesten Stand angleichen. Röntgen, moderne Sterilisation, Labor, unsere Medikamente, EKG, Bestrahlungskammern, einen OP mit vollständiger Anästhesieabteilung, eine funktionstüchtige Bettenstation – warum eigentlich nicht? Englisch sprechen Sie ja schon …«

»Kommen Sie mit!«, sagte Dombono verschlossen. »Ich will Ihnen etwas zeigen.«

Er ging voraus, öffnete eine Tür und winkte. Sie betraten ein Doppelzimmer. In einem der Betten saß eine junge Frau und löffelte einen Brei.

»Das ist die Frau, der wir die Galle gespalten haben«, sagte Dombono. »Gestern …«

»Und sie isst schon wieder?« Huber setzte sich auf die Bettkante. Die junge Frau sah gesund und zufrieden aus, nicht wie eine Schweroperierte, deren Leib man geöffnet hatte. Kein Fieber, keine Schmerzen, keine Schwäche. Sie saß da, als befände sie sich zur Erholung in einem Sanatorium.

»Wie machen Sie das?«, fragte Huber leise. Dombono hob die breiten Schultern.

»Und da sagen Sie, wir brauchten Ihre Medizin! Wie sehen Ihre Gallenoperierten am nächsten Tag aus?«

»Sie haben mich überzeugt.« Huber erhob sich. Die junge Frau aß mit sichtlichem Appetit weiter. Die Patientin im anderen Bett lag auf dem Rücken und stickte an einer Decke. Es waren merkwürdige, anscheinend mythologische Muster.

»Und diese Frau?«, fragte Huber. Er wunderte sich über nichts mehr.

»Ein Steinschnitt! Blasenstein! Vorgestern!«, antwortete Dombono stolz. »Wie sehen bei Ihnen ...«

»Hören Sie auf, Dombono!« Huber winkte entgeistert ab. »Wann operieren wir den Sohn der Sonne?«

»Wann immer Sie es anordnen! Wir sind immer bereit.«

»Kann ich vorher die Königin noch einmal sprechen?«

»Ich werde nachfragen.« Dombonos auffallende Kollegialität verschwand wieder. Er war nur noch der feindliche Priester. Also doch, dachte Alex Huber. Stricker hat Recht: Dombono will an die Macht. Nur das Militär und Sikinikas rätselhafte, aber unheimliche weibliche Ausstrahlung hindern ihn daran. Wenn der Junge stirbt, ist das alles vorbei. Dann ist die Göttin nur noch eine zerbrochene alte Frau, eine einsame Mutter.

Wieder stand Huber in dem hallenähnlichen, domhohen goldenen Raum, und wieder begriff er nicht, wie sich eine massive Wand in Transparenz auflösen und einen Menschen plötzlich ins Zimmer zaubern konnte.

Sikinika stand hinter ihm, lautlos durch die Wand gekommen, umflossen von jenem Licht, dessen Quelle man nicht sah. Es war einfach da, wie ein Strahlenkranz um diese schöne Frau. Huber verneigte sich höflich.

»Habe ich mein Versprechen gehalten?«, fragte Sikinika in ihrem harten Französisch. »Sie haben Ihre Braut wieder. Nun halten Sie Ihr Versprechen und heilen Sie meinen Sohn.«

»Deshalb wollte ich noch einmal mit Ihnen reden.« Er suchte nach Formulierungen, um mögliche Komplikationen zu erklären. Es war immer das gleiche, auch in München: Man muss den Leuten sagen, dass ein Arzt kein Gott ist, der alles kann. Die wenigsten wollen es begreifen. Ein Arzt ist immer die letzte Station vor Gott. Er wird mit Glauben überschüttet, dabei ist er doch auch nur ein Mensch mit allen seinen Fehlern und Grenzen.

Er entschloss sich, keinerlei Umschweife zu machen. »Wenn es kein Osteom ist, sondern ein bösartiger Tumor, muss ich das Bein abnehmen«, sagte er. »Aber auch das ist nur ein Aufschub. Wenn das Karzinom metastasiert hat – und das hat es bestimmt! –, wird es an anderen Stellen wieder aufbrechen. Dann sind wir machtlos.«

»Ich weiß«, sagte Sikinika ruhig. »Ich vertraue Ihnen.«

»Vertrauen heilt nicht.«

»Aber es gibt Kraft.« Sie trat näher und stand jetzt dicht vor ihm. Zum ersten Mal sah er ihr Gesicht … es war mit Goldpuder bestäubt und von einer unirdischen Schönheit. »Ich brauche Kraft … Wann operieren Sie?«

»Übermorgen.«

»Danke. Ich werde beten.«

Plötzlich lagen ihre Arme um seinen Nacken, er spürte ihren Körper, spürte ganz deutlich den Druck ihrer Brüste und das Herandrängen ihrer Schenkel, und dann küsste sie ihn, mit halbgeöffneten, warmen Lippen und geschlossenen Augen, auf deren Lider der Staub gemahlener Diamanten glitzerte.

Es war ein Kuss, der ihn überwältigte. Lähmte …

16

Ebenso plötzlich wie sie sich ihm in die Arme geworfen hatte, stieß sie ihn auch wieder von sich. Alex Huber taumelte gegen die goldene Wand. Sikinikas Lippen brannten noch auf seinem Mund, sein Herz schlug so stark, dass ihm das Atmen schwer fiel. Er spürte diese einzigartige Frau noch in seinen Armen, als sie längst wieder unnahbar – wie versteinert, ein von Glanz umflossenes Götterbild – mitten in der Halle stand und ihn unbewegt anstarrte.

»Haben Sie noch eine Frage, Herr Doktor?«, fragte sie. Er schüttelte den Kopf. Seine Kehle war wie ausgebrannt. Das wird eine Katastrophe, dachte er und holte tief Atem. Sie wird Veronika vernichten, jetzt gerade, nach diesem einmaligen, glühenden Kuss, in dem die ganze Sehnsucht einer Frau gelegen hatte, die verurteilt ist, eine Göttin zu sein und die so gern ein Mensch sein möchte. Ein Mensch wie damals, als sie ihren Sohn empfing und gebar, von einem Mann, dessen Herkunft und Verbleib noch im Dunkeln liegt. War er ein Franzose? Hatte sie von ihm die französische Sprache gelernt? War auch er durch Zufall in dieses Felsental gekommen – ein junger, blonder, mutiger Mann, der für ein paar Nächte aus der Göttin eine Geliebte machte? Warum gab es keinen König? Warum hatte sie nicht einen Urapaner geheiratet, um die Dynastie fortzuführen? Eine in Jahrtausenden erstarrte Geschichte … ging sie jetzt mit Sikinika und ihrem Sohn zu Grunde? Wurde Urapa ein Priesterstaat, mit Dombono an der Macht?

Fragen, die auf ihn einstürmten, blitzartige Gedanken die ihn davor bewahrten, länger an diesen Kuss zu denken und dadurch den klaren Verstand zu verlieren.

»Wollen Sie Sikinophis noch einmal sehen?«, fragte sie. Er stieß sich von der Wand ab.

»Natürlich! Ja!« Er fand langsam seine Fassung wieder. »Ich möchte ihn ständig sprechen können. Ich lege größten Wert auf einen persönlichen Kontakt mit meinen Patienten. Auch er soll Vertrauen haben.«

»Alle Ihre Wünsche werden erfüllt.« Sie rührte sich nicht, ihr Gesicht war eine goldene Maske.

»Alle?«

»Ja.«

»Was geschieht mit meinen Freunden? Wo bleiben sie?«

»Im Tempelbereich.«

»Ich kann sie jederzeit besuchen?«

»Sie werden wenig Zeit dazu haben!« Ihre kalte Stimme war wie eine unsichtbare Mauer. Die Erinnerung an den Kuss schien erloschen. »Ich werde bei der Operation zugegen sein.«

»Davon möchte ich dringend abraten.« Er blickte an sich hinunter. Er trug noch immer die schwarzlederne Schuppenuniform, die er dem betäubten Soldaten abgenommen hatte.

»Eine Operation ist kein schöner Anblick.«

»Es ist mein Kind!«

»Ich kann Sie nicht daran hindern. Noch eine Bitte: Ich möchte einen anderen Anzug haben.«

»Ihre Kleidung ist gefunden worden. Dombono wird sie Ihnen geben.« Sie drehte sich um, ging auf die goldene Wand zu und verschwand darin, als wäre es nur eine Lichtschranke. Das gleißende Licht erlosch, es wurde dämmerig in der großen Halle und bedrückend leer.

Er blieb stehen und wartete. Holte man ihn ab? Brachte man ihn zurück zu Veronika und den anderen? Er ging auf die goldene Wand zu, und zu seinem Erstaunen öffnete sich eine Tür, die er in den verwirrenden Mustern nicht gesehen hatte. Dahinter erwarteten ihn wieder die vier schweigsamen schwarzen Soldaten. Von der Seite, aus einem Gang, tauchte Dombono auf – er war anscheinend überall.

»Sikinophis ist bereits auf dem Weg zum Krankenhaus«, sagte er. Huber meinte, etwas wie versteckten Spott aus der Stimme herauszuhören. »Sie haben uns da ein Problem an den Hals gehängt. Bis heute hat noch kein Gott den Palast verlassen, außer, wenn er zum Allerheiligsten ging, um mit den anderen Göttern zu sprechen. Wir müssen das ganze Krankenhaus räumen ...«

»Das ist doch Blödsinn! Die Kranken bleiben in ihren Betten!«

»Kein Gewöhnlicher darf unter einem Dach mit einem Gott schlafen.«

»Ich bin auch ein Gewöhnlicher und werde in einem Zimmer neben dem Jungen schlafen!«

»Sie sind, als Arzt – ein Neutrum!«

»Danke!« Huber lächelte schief. »Das haben Sie schön ausgedrückt, Dombono! Trotzdem: Die Kranken werden nicht verlegt. Auch ein Sikinophis braucht nur ein Zimmer und kein ganzes Krankenhaus. Die anderen Kranken sind genauso wichtig.«

»Sie sind wert, dass man Ihnen den Kopf abschlägt!«, sagte Dombono dunkel.

»Ihre offenherzige Königstreue ist rührend.« Huber folgte den vier Soldaten, die vorausgingen. Dombono zwei Köpfe größer als er, war an seiner Seite wie ein Turm. »Ich hasse zweierlei: Heuchelei und Tyrannei! Warum sollen die Kranken darunter leiden, dass ein Königssohn in ihre Klinik eingeliefert wird? Sein Blut ist genau wie ihr Blut, und wenn ich ihm das Bein aufschneide, ist es nicht anders als bei denen, die Sie ›gewöhnlich‹ nennen!«

»Ihre gegenwärtige Macht ist nicht unbegrenzt, Doktor!« Dombono blieb stehen. Sie waren durch eine dicke, große Tür wieder in das Krankenhaus gekommen. Schwestern und Pfleger waren dabei, die Kranken umzuquartieren. Die hölzernen Betten rappelten auf ihren kleinen Rädern über die Flure. Die gehfähigen Patienten schlurften zu einem großen Vorraum, wo sie sich versammelten. »Sie sehen, es ist nicht mehr aufzuhalten ...«

»Sie brauchen nur Halt zu sagen, Dombono. Sie sind hier der Chef. Kommen Sie mir nicht mit der Unnahbarkeit der Götter! Ich war nie einer, der in die Knie ging, mit Ausnahme beim Boxen, wo ich bei den Studentenmeisterschaften zwei Mal k.o. ging. Dirigieren Sie die Kranken wieder um ... ich sehe mir unterdessen den OP an. Es genügt, wenn einer Ihrer Oberärzte mich begleitet.«

Im OP war alles so blitzsauber, wie es Huber von der Münchener Klinik her kannte. Statt Kacheln waren die Wände mit Steinmosaiken belegt, auch hier überall mythologische Figuren, deren Sinn er nicht verstand. Bis auf den Tisch war der Raum leer. Kein Schrank, keine Instrumente, keine Lampe, keine Waschbecken, nichts! Huber schaute den ihn begleitenden Oberarzt fragend an. »Sie sprechen kein Englisch?«, fragte er.

Der Priester-Arzt schwieg. Sein Gesicht unter der silberbestickten Kappe mit der Figur einer Eule darauf war von fast griechischem Ebenmaß. Es sind alles schöne Menschen hier, das muss man ihnen lassen, dachte Huber. Und das bei Inzucht seit grauester Vorzeit ...

»Wie soll ich ohne Operationsscheinwerfer operieren?«, fragte er, obgleich ihn der Arzt nicht verstand. »Mein lieber Kollege, da kommen mir einige Nerven in den Weg, und wenn ich die durchtrenne, ist Feierabend! Ich brauche Licht, viel Licht!«

Er stützte sich auf den Tisch und ging in Gedanken noch einmal eine Osteoektomie, besonders im Fall eines Osteoms durch. Eine verhältnismäßig einfache Sache, wenn man eine Frau Meier oder auch den Generaldirektor Plötz auf dem Tisch liegen hat. Ganz anders aber sieht es aus, wenn an dieser Operation das Leben von sechs Menschen hängt, das Leben der geliebten Frau …

Er wusste nicht, wie lange er so am OP-Tisch gestanden hatte und jeden Handgriff im Geist noch einmal wiederholte. Handgriffe, die sonst zur chirurgischen Routine gehörten. Dombono riss ihn aus seinen Gedanken. Er brachte nicht nur Hubers Tropenanzug mit, sondern auch den Arztkoffer, der im Zimmer, wo er Veronika wieder gesehen hatte, zurückgeblieben war.

»Die Kranken liegen wieder in ihren Betten«, sagte Dombono wütend. »Auch der Sohn der Sonne ist gebracht worden. Erlauben Sie wenigstens, dass er einen eigenen Flur hat?«

»Meinetwegen!« Huber lächelte breit. Er stellte die Tasche auf den Tisch und klappte sie auf. Nur ein Schloss war verriegelt. »Gefällt Ihnen mein Instrumentarium?«

»Es ist interessant.« Dombono war durchaus nicht befangen. »In den braunen Flaschen haben Sie Äther und Chloroform?«

»Ja.«

»Dachte ich mir. Ich habe zwei meiner Ärzte daran riechen lassen … jetzt liegen sie am Boden.« Dombono gab ein energisches Zeichen. Der Oberarzt verließ schnell den OP.

»Sie haben das Zeug, bei uns Ordinarius zu werden!«, sagte Huber sarkastisch. »Das gleiche absolutistische Benehmen. Dombono, da Sie Äther und Chloroform kennen … Sie haben also *doch* unsere Lehrbücher gelesen! Geben Sie es zu.«

»Wir brauchen sie nicht.«

»Das ist etwas anderes. Kollege Stricker erzählte mir von Ihren elektrisch aufgeladenen Messern! Die werde *ich* nicht verwenden, das vorweg. Bei mir wird Blut fließen ... aber ich gehe auf Sicherheit.«

»Es ist Ihr Patient!«, sagte Dombono dunkel.

»Und er bleibt es!« Huber klappte die Tasche wieder zu. »Führen Sie mich zu Sikinophis.«

»Jetzt?«

»Warum nicht? Ich hab mirs überlegt. Ich werde sogar bei ihm im Zimmer schlafen.«

»Unmöglich!«

»Durchaus nicht! Ich will jede Komplikation ausschalten. Ich will den Sohn der Sonne ständig unter Kontrolle haben, Tag und Nacht! Wenn mein Leben schon mit seinem verbunden ist, dann schon richtig!«

Das war ein Schlag in den Magen, dachte Huber zufrieden. Operation gelungen, Patient später tot. Alles sehr rätselhaft, aber nicht zu ändern. Und man hat zwei Probleme auf einmal gelöst ... man ist an der Macht, und die fremden Zeugen sind vernichtet. – Mit mir kann man das nicht machen. Nicht mit mir, Kollege Dombono! Es wird bei dem Jungen keine rätselhaften tödlichen Komplikationen geben ...

Dombono starrte ihn an, als könne sein Blick ihn wie ein feuriger Strahl töten. Dann wandte er sich ab, ging zur Tür des OP und kümmerte sich nicht darum, ob Huber nachkam oder blieb.

Dann wollen wir mal ... sagte der zu sich. Ich kann mir meinen Patienten auch allein suchen. Fröhlich wird die Sache, wenn die Operation anfängt. Wenn Dombono dann aufsässig wird, schmeiße ich ihn vor den Augen seiner Gottkönigin hinaus aus seinem eigenen OP!

Er ging Dombono kurze Zeit später nach und erhielt wieder seine vier Soldaten als Wache. Sie führten ihn – schweigend wie immer – durch eine Vielzahl von Fluren zu einem abgelegenen Trakt des Krankenhauses. Hier empfing sie einer der Oberärzte und zwei kleine, hübsche Schwestern. Sie starrten den weißen Arzt an, als wäre er ein unbekanntes Tier. Die Luft in diesem Teil des Hauses war gesättigt mit einem herbsüßen Geruch, als habe jemand mit einem Spray Boden, Wände und Decke besprüht.

»Das riecht besser als unser Desinfektionsmittel«, sagte er zu einem Priester-Arzt. Er hatte seinen Tropenanzug unter den Arm geklemmt, in der anderen Hand trug er die Arzttasche. »Wo liegt unser Sikinophis?«

Wenn der Priester auch nichts verstand, den Namen begriff er. Er ging voraus, öffnete eine Tür und winkte. Huber trat ein.

Ein großes Zimmer: halbdunkel, in aller Eile ausgeschlagen mit golddurchwirkten Schleiern; an der Wand das Bett aus geschnitztem Elfenbein. Der Junge lag auf einem Löwenfell, wieder eingehüllt in das goldene Gespinst. Huber warf die Tür ins Schloss und winkte dem Jungen zu.

»So ein Blödsinn!«, sagte er auf Französisch. »Legen dich auf ein Löwenfell, und dabei haben sie hier weiße Tücher. Das ändern wir gleich.« Er kam näher und setzte sich auf die Bettkante. »Wie fühlst du dich, mein Sohn?«

Sikinophis warf den Schleier von seinem Kopf. Obwohl Huber nun wusste, wie der Junge aussah, überwältigte ihn wieder die Schönheit des Kindes. Das gelockte Haar war nicht blond, es schimmerte tatsächlich wie Gold. Sohn der Sonne ... es gab keinen besseren Namen. Die großen blauen Kinderaugen flatterten. Er will tapfer sein, dachte Huber, aber er hat Angst – wie alle Kinder.

»Ich freue mich ...« sagte Sikinophis unvermittelt. Huber zuckte zusammen.

»Auf die Operation?«

»Dass ich bald wieder laufen kann.«

»Darüber will ich mit dir reden.« Huber stand auf. »Erst ziehe ich mich um. Einen Augenblick.«

Er stieg aus der ledernen Uniform und zog seine alte Tropenkleidung an. Es war sicherlich das erste Mal, dass ein Fremder sich vor den Augen eines Gottes umzog. Sikinophis lächelte ihn dabei an.

»Ich möchte, wenn ich wieder laufen kann, auch einmal in deinen Kleidern herumgehen.«

»Das kannst du, mein Junge.« Huber stellte die Arzttasche auf den Tisch an der gegenüberliegenden Wand. »Nur – das mit dem Gehen ist so eine Sache ... Stell dir nicht vor, ich operiere dich übermorgen, und am nächsten Tag kannst du wieder herumspringen. Das kann Wochen dauern ...«

»Ich weiß ...«

»Ach! Woher?«

»Von meiner Mutter. Sie hat gesagt, dass du bei uns bleibst, bis ich mit den besten Läufern unseres Landes um die Wette rennen kann ...«

»Das hat sie gesagt?« Huber wischte sich übers Gesicht. Es fühlte sich plötzlich kalt an. Sie will Veronika vernichten, dachte er. Sie rechnet mit der Zeit und meiner Männlichkeit. Sie wird versuchen, mich zu sich zu ziehen, und sie kennt genau die Macht ihrer unwirklichen Schönheit. Sie wird ihren Körper, ihre Sehnsucht ausspielen wie ein Poker seine Trümpfe ... und es wird die furchtbarste, aussichtsloseste Liebe werden, die je eine Frau durchlitten hat! Werden wir das alle überleben?

»Woran denkst du?«, fragte der Junge und legte seine Hand auf das Knie des fremden Arztes.

»An deine Mutter.«

»Sie liebt dich ...«

Es durchzog ihn plötzlich ein heißer Strom. Verwundert und entsetzt zugleich stellte er fest, dass es Glück war. »Dummheit, Junge!«, sagte er rau. »Wer sagt das denn?«

»Sie selbst.« Seine Augen leuchteten. »Sie hat gesagt:

Mein Liebling, ich liebe den fremden Arzt. Nur du weißt es jetzt. Soll er immer bei uns bleiben?«

»Und was hast du geantwortet?«, fragte Huber heiser.

»Ja! Er soll bleiben! Ich liebe ihn auch …«

Alex Huber wandte sich ab. Die goldenen Netze an den Wänden bekamen plötzlich eine schreckliche Bedeutung. Ja, ich bin eingefangen, dachte er. Wie ein Fisch gefangen. Eine Göttin liebt mich!

Es gab kein Entrinnen mehr.

17

Sie saßen eine ganze Zeit beieinander und schwiegen. Der Junge hatte seinen blonden Lockenkopf auf Hubers Schulter gelegt ... es war mehr als ein Anlehnen – es war der stumme Ausdruck eines einsamen Lebens: Du bist der einzige Freund. Mit dir kann ich reden. Bei dir brauche ich kein kleiner Gott zu sein, nicht dieser Sohn der Sonne den niemand ansehen und berühren darf. Hier muss ich keinen goldenen Schleier um meinen Kopf tragen und unbeweglich sein wie eine Statue. Du bist mein großer Freund ... auch wenn du mir übermorgen das Bein aufschneidest. Soll ich dir sagen, dass ich gar keine Angst mehr habe ...?

Huber nickte abwesend. Die Gefahr, in der sich Veronika befand, klammerte sich an ihn. Was eine Frau, die so leidenschaftlich lieben kann wie Sikinika, mit ihrer Nebenbuhlerin anstellt, wenn sie auch noch die absolute Macht dazu besitzt, war gar nicht auszudenken. Es gab nur eine Möglichkeit, Veronika zu retten: Die Krankheit des Jungen gegen Sikinika auszuspielen.

Ein gemeines Spiel, aber es galt, ein Leben zu retten, und sind da nicht alle Mittel zu entschuldigen?

»Du liebst meine Mutter nicht?«, fragte Sikinophis leise. Huber zuckte zusammen.

»Ich habe eine Braut«, sagte er. »Weißt du, was das ist?«

»Nein.«

»Man liebt ein Mädchen, und man verspricht sich gegenseitig, sich zu heiraten. Es ist wie ein Schwur, Sikinophis, und wenn man ein anständiger Mensch ist, hält man dieses Versprechen. Es ist eine Zeit der Vorbereitung für ein ganzes Leben zu Zweit. Eine schöne Zeit.«

»Und du hast so ein Mädchen?«

»Ja. Es ist hier in Urapa. Deine Soldaten haben es gefangen genommen, und ich bin eigentlich nur zu euch gekommen, um das Mädchen zu befreien.«

»Nicht, um mich zu operieren?«

»Nein. Ich kannte dich vorher gar nicht.«

»Und wo ist das Mädchen jetzt?«

»Irgendwo im Palast oder im Tempel. Ich weiß es nicht. Bis gestern hing es noch in einem Käfig hoch droben an der Tempelmauer.«

Der Junge blickte Huber nachdenklich an. Seine großen blauen Augen waren traurig. Dann legte er den Kopf wieder auf Hubers Schulter und schlang den Arm um seine Hüfte.

»Ich will, dass man das Mädchen freilässt!«, sagte er. Seine Stimme hatte sich verändert ... sie bekam jetzt den harten, kalten Klang seiner Mutter. »Ich will es!«

»Ich glaube, unser Wille gilt hier wenig. Wir kämpfen gegen Leidenschaften an, die schon ganze Völker vernichtet haben. Aber das verstehst du noch nicht.«

»Ich werde es meiner Mutter sagen!«

»Du wirst zum ersten Mal erleben, dass dich deine Mutter nicht anhört.«

»Sie muss! Ich bin der Sohn der Sonne!«

»In diesem Fall bist du nur ein kleiner Junge. Sikinophis, es werden verdammt harte Tage kommen.«

Sie wurden unterbrochen. Die Tür ging auf; Dombono kam ins Zimmer. Hinter ihm rollten zwei Pfleger eines der einfachen hölzernen Betten herein und schoben es an die Fensterwand. Zwei andere Pfleger schleppten einen großen Tonkessel auf einem Spreizfußgestell in den Raum. Er war mit einem süßlich duftenden Wasser gefüllt. Das Waschbecken.

»Sind Sie zufrieden?«, fragte Dombono mit höhnischem Unterton. »Wann besprechen wir die Operation?«

»Morgen. Es ist nicht viel zu besprechen. Ich lege den Oberschenkelknochen und die Gelenkpfanne frei, und dann werden wir sehen, was zu machen ist. Sorge macht mir lediglich die Narkose.«

»Sie ist kein Problem.«

»Ich weiß. Doktor Stricker berichtete mir von Ihrem Saft. Sie gestatten, dass ich da sehr kritisch bin. Über welche Zeit können Sie die Narkose halten?

»Unbeschränkt ... bis ewig ...«, sagte Dombono mit maskenhaftem Gesicht.

»Das befürchte ich! Andererseits beruhigt es mich, dass Sie allein für die Narkose verantwortlich sind. Bei der beträchtlichen Dauer des Eingriffs möchte ich nicht mit Äther arbeiten. Ich muss mich auf Ihren Göttersaft verlassen können.«

»Das können Sie!« Dombono warf einen Blick auf Sikinophis, der ohne seinen goldenen Schleier neben Huber saß. »Wollen Sie die anderen Ärzte kennen lernen?«

»Auch morgen. Ich beginne gleich mit der Routineuntersuchung. Blutdruck, Herzrhythmus, Pulsfrequenz ...«

»Das haben wir alles nicht nötig«, sagte Dombono stolz. »Ihre moderne Medizin kompliziert alles. Wenn bei uns ein Herz nicht richtig schlägt, sehen wir dem Patienten in die Augen ... und sein Herz schlägt wieder normal.«

Die rätselhaften magischen Kräfte, von denen schon Stricker berichtet hat, dachte Huber. Sie haben das, was wir Grenzfälle nennen, als Therapie ausgebaut. Ein telepathischer Bogen von Arzt zu Patient ... unerklärbar, aber bekannt. »Wie wollen Sie einen Herzinfarkt wegsuggerieren?«, sagte er angriffslustig.

»Gar nicht! Patient stirbt.«

»Wenn man's so sieht, kann man allerdings die Medizin auf ein Mindestmaß reduzieren.« Huber klopfte dem Jungen auf den Schenkel. Sikinophis lächelte. Seine blauen Augen strahlten. »Wir bleiben bei meiner Methode, Dombono!«

»Natürlich. An Ihnen hängt das Leben des Sohns der Sonne.«

»Sie sagen es.« Huber erhob sich von der Bettkante. »Wo ist Veronika?«

»Es geht ihr gut.«

»Das ist mir zu allgemein. Wo befindet sie sich jetzt?«

»Ihre Freunde werden als unsere Gäste behandelt und wohnen im Tempelbereich.«

»Ich möchte meine Braut sprechen.«

»Das kann nur die Göttin entscheiden.«

»Dann übermitteln Sie ihr meinen Wunsch. Ich möchte auch, dass sie ein Zimmer hier nebenan bezieht.«

»Das hier ist ein Krankenhaus und kein Architekturbüro«, sagte Dombono böse.

»Meine Braut ist auch in Krankenpflege ausgebildet.«

»Als Architektin?«

»So etwas gibt es bei uns.« Huber lächelte maliziös. »Bei uns ist die Medizin nicht das Vorrecht der Priester, auch wenn sich manche Chefärzte als solche betrachten. Lassen Sie Veronika kommen. Es beruhigt mich ungemein, wenn ich weiß, dass sie die postoperative Pflege unter meiner Leitung übernehmen wird.«

Dombono verließ ohne Antwort das Zimmer. »Er ist wütend«, sagte Sikinophis, als die Tür ins Schloss krachte. »Er ist der größte Arzt aller Menschen. Du hast ihn beleidigt.«

»Ich will Sicherheit, mein Junge. Wenn alles vorbei ist, werde ich's dir erklären.«

Wird sie kommen, fragte er sich. Wird man Veronika zu mir schicken? Richtet man ihr wirklich ein Zimmer neben mir ein? Ist Sikinikas Mutterliebe stärker als ihre weibliche Sehnsucht? Wie entscheidet sie sich? Gewinne ich diese erste Schlacht?

Er packte seinen Arztkoffer aus und legte die Instrumente, die er brauchte, auf den Tisch. Das Membranstethoskop, die Blutdruckmanschette, den kleinen Reflexhammer, zwei Holzspachtel, eine Taschenlampe, um den Rachen und die Gehörgänge auszuleuchten. Das hatte zwar mit einer Knochenwucherung nichts zu tun, aber ein gründlicher Arzt überzeugt sich immer, ob nicht irgendwo sichtbare Infektionsherde vorhanden sind.

Der Junge starrte etwas scheu auf die Schläuche des Stethoskops und verzog das Gesicht zu einem halb belustigten, halb ängstlichen Grinsen, als Huber sich die Schlauchenden in die Ohren steckte.

»Jetzt höre ich in dich hinein«, sagte er und streifte Sikinophis das dünne Hemd vom Körper. »Ich werde dein Herz schlagen hören und dir genau sagen, ob es in Ordnung ist.« Er setzte die Membran an die Brust des Jungen. Sikinophis zuckte zusammen.

»Tief einatmen«, sagte Huber. »Ganz tief und gleichmäßig atmen. Du musst keine Angst haben. Du hast doch Vertrauen zu mir ...«

Der Junge nickte. Seine Finger krallten sich in das Löwenfell, auf dem er saß, und dann atmete er bewusst tief und langsam, wie alle Patienten auf der Welt, zu denen ein Arzt sagt: »Nun holen Sie mal kräftig Atem ...«

Die Wohnung, in die man die Gefangenen gebracht hatte, war geradezu luxuriös gegenüber den Zellen und Käfigen, die sie bisher kennen gelernt hatten. Es gab Liegen, flache Tische, Flechtmatten auf dem Steinboden und eine unsichtbare indirekte Belüftung, die ein angenehmes Klima hielt.

Stricker inspizierte den großen Raum, rüttelte an der Tür und hob dann die Schultern. »Abgeschlossen! Wir sind zwar Gäste, wie Dombono mitteilte, aber diese Art von Gastfreundschaft ist doch etwas merkwürdig.«

Albert Heimbach hatte sich sofort auf eine Liege geworfen und seine Jacke ausgezogen. Peter Löhres kaute unlustig an einer eierförmigen Frucht, die sie zum Nachtisch erhalten hatten und nach gar nichts schmeckte. Ihr Fruchtfleisch war ein weicher Pamp von grüngelber Farbe und klebte an den Zähnen wie dicke Mehlsoße. Veronika stand am Fenster. Es war ein blindes Fenster, ein bemaltes Brett war davorgenagelt. Durch ein paar Ritzen fiel Licht herein. Sie drückte die Augen dagegen und ging dann in die Mitte des Zimmers.

»Ein Innenhof. Leer. Nur Steinmauern.« Sie setzte sich auf ihren Diwan. »Was mag mit Alex los sein, Paul?«

»Sie haben es von Dombono gehört. Er operiert übermorgen den Jungen. Ein Teufelskerl, Ihr Verlobter! Mit einer geradezu verrückten Frechheit beginnt er, hier zu diktieren. Mittels eines Osteoms regiert er insgeheim über Urapa. Es fragt sich nur, wie lange die Priester das mitmachen! Immer in den Hintern getreten zu werden, hält auch der sturste Esel nicht aus. Und Dombono ist alles andere als ein Esel! Nach der Operation wird der Machtkampf offen ausbrechen! Was denken Sie, Philipps?«

Der lange, dürre Engländer hob die Schultern. Seine Ruhe war geradezu aufreizend. »Sie werden den Jungen irgendwie um die Ecke bringen und seinen Tod auf die Operation schieben.«

»Genau das denke ich auch! Ich habe Doktor Huber gewarnt. Mir ist nur nicht klar, welche Sicherheitsmaßnahmen er aufbauen will, um das zu verhindern.«

Diese Frage beantwortete sich schnell. Ein Offizier der schwarzledernen Soldaten erschien im Zimmer, zeigte auf Veronika und winkte. Veronika rührte sich nicht. Sie saß auf dem Diwan und klammerte sich in der Felldecke fest. Albert Heimbach zog seinen Körper zusammen wie ein getretener Wurm. Löhres und Stricker stellten sich neben

Veronika. Lediglich Philipps unternahm etwas. Er winkte ab und sagte hart: »No! Alle oder keiner!«

Der Offizier schob Philipps mit einem energischen Ruck zur Seite. Dann gab er Veronika ein Zeichen, hob den Arm und zeigte seine Handfläche.

»Er deutet an, dass er kein Feind ist«, sagte Stricker mit belegter Stimme. »Wer weiß, was man von Ihnen will. Ich würde mitgehen.«

»Isch nicht!«, sagte Löhres. »Isch jlaube den Brüdern jar nix!«

»Es bleibt uns keine Wahl.« Stricker sah den schwarzen Offizier fragend an. Aber von ihm war keine Auskunft zu bekommen. »Auch wenn Sie Angst haben, Veronika ... gehen Sie mit. Dombono kann sich keine Extratouren erlauben, solange Alex den Jungen versorgt. Das ist unser bester Schutz.«

Veronika nickte. Sie stand langsam auf und folgte dem Offizier. Hinter ihr schlug die Tür wieder zu, ein Riegel knirschte. Zum ersten Mal war sie allein seit ihrer Entführung. Mut, sagte sie sich. Du musst jetzt Mut haben! Du bist auch im Käfig nicht verrückt geworden.

Sie gingen durch unendlich lange Flure, kamen in große Hallen mit riesigen bizarren Steinfiguren. Die Wände waren hier mit wertvollen Stoffen bespannt, die Fußböden bestanden aus kunstvollen Mosaiken. Endlich stand sie in einem Raum, dessen Wände aus Gold zu sein schienen und die sie so blendeten, dass sie die Augen zusammenkniff. Der Offizier verließ sie lautlos, als löse er sich in Luft auf.

»Sieh mich an!«, sagte plötzlich eine harte, kalte Frauenstimme hinter Veronika.

Sie wirbelte herum und schloss wieder geblendet die Augen. In einem Strahlenglanz stand die Göttin von Urapa, eine goldene Statue inmitten goldener Wände.

»Du verstehst diese Sprache?«, fragte Sikinika.

»Ja. Ich kann Französisch.« Veronika legte die rechte Hand vor die Augen. Langsam gewöhnte sie sich an das gleißende Licht und konnte allmählich Einzelheiten unterscheiden: das Kleid, die mit Diamanten besetzten schnabelartigen Schuhe, die schlanke Gestalt, das märchenhaft schöne, ebenmäßige Gesicht, mit Goldstaub gepudert. Wenn sie wirklich ein Mensch ist, dachte Veronika überwältigt, bleibt sie doch ein Wunder. Und sie ist ein Mensch ... ein höheres Wesen spricht nicht Französisch, auch wenn man sagt, Gott lebe in Frankreich.

»Komm näher!«, sagte Sikinika hart. »Ganz nahe! Noch näher!«

Sie standen jetzt voreinander, so nahe, dass kaum eine Handbreit zwischen ihren Gesichtern lag. Und sie starrten sich an wie zwei Schlangen, bevor sie mit tödlichem Hass aufeinander losgehen.

Sie hat grüne Augen, dachte Veronika. Tiefgrüne Augen, wie ein Turmalin. Gibt es bei Menschen solche Augen?

»So also siehst du aus ...«, sagte Sikinika eisig. »So muss eine Frau aussehen, um von diesem Mann geliebt zu werden!«

Von ihm!

Veronika erstarrte. Von ihm! Sie spricht von Alex! Der Blick der goldenen, gleißenden Frau lähmte sie plötzlich. Von ihm! Und sie begriff: Es geht um mehr als um die Operation an dem Jungen.

»Ich ... ich liebe ihn ...«, sagte Veronika. Ihre Stimme hatte keinen Klang mehr. Nach dem letzten Wort kam kein Laut mehr.

Schweigend standen sie sich gegenüber – so nahe, dass sich jede in den Augen der anderen spiegelte. Unter dem Goldpuder lief ein leichtes Zucken über Sikinikas Gesicht ... von den Lippen beginnend bis zu den Augenwinkeln. Auf den Lidern glitzerte der Diamantstaub.

Schweigen.

Aber diese Stille war in Wirklichkeit eine Schlacht. Mit ihren Blicken hieben sie aufeinander los ... zwei Frauen, die sich gegenseitig bekämpften mit ihrem stummen, wilden Hass.

18

Es gab keinen Sieger und keinen Besiegten. Wie waren sie doch gleich in ihrer Liebe zu dem einen Mann, der ihr Schicksal in Händen hielt! Was tat's, dass die eine die Macht besaß, die andere nur ihren Herzschlag? Mit Macht allein war der geliebte Mann nicht zu erobern, das wusste Sikinika jetzt genau, und sie war trotz allen lodernden Hasses klug genug, ihre Göttlichkeit nicht auszuspielen.

»Du sollst zu ihm gehen«, sagte sie. Ihr Gesicht war wieder zur reglosen Goldmaske geworden. »Er wartet auf dich. Er will, dass du ein Zimmer neben ihm bekommst.«

Veronika nickte. Das Unglaubliche, das sie hörte, begriff sie erst langsam. Er will! Das bedeutete nichts anderes, als dass Alex und diese Frau, die sich Göttin nannte, bereits mehr miteinander verband als ein Gespräch zwischen dem Arzt und der Mutter eines Patienten.

»Ich wusste, dass er mich holen lassen wird«, sagte Veronika. Sie sprach es mit einem verzweifelten Mut aus, und jedes Wort traf Sikinika wie ein Hieb.

»Ich habe dich gesehen, nun geh!« Mit einer plötzlichen Armbewegung schleuderte Sikinika die überraschte Veronika von sich. Der Stoß war so heftig, dass sie taumelte. Ihre Arme ruderten und suchten einen Halt, dann verlor sie das Gleichgewicht und stürzte auf den Mosaikboden. Ein kaltes, hartes Lachen begleitete sie. Veronika starrte zu Sikinika hinauf, und ein eisiger Schauer überlief sie. Sie lacht, ohne den Mund zu verziehen! Sie kann lachen, ohne dass sich ihr Gesicht verändert.

»Ich bin schöner als du!«, sagte Sikinika. »Du wirst ihn verlieren!«

»Du bist nur eine Maske!«, schrie Veronika. Sie blieb auf dem Boden liegen, aber ihre ganze Not, ihre Angst um Alex – die Furcht, wirklich gegen diese Frau zu verlieren – brüllte sie mit diesen Worten hinaus. »Eine kalte, goldene Maske! Eine Statue! Nichts ist an dir echt! Nichts! Nur aufgemalt, angestrichen, und das noch geschmacklos! Wie viel Goldpuder brauchst du, um deine Falten zu verdecken? Jeden Tag ein halbes Pfund?«

Sie wusste, dass sie Unrecht hatte, sie sah die unwirkliche Schönheit dieser Frau, aber sie wollte sie treffen, wollte sie beleidigen, wollte sie mit ihren Worten schlagen. Du kannst mich nicht töten lassen, dachte sie dabei, auch wenn du es jetzt mit eigener Hand tun würdest. Du musst dir alles anhören, und du sollst es hören! Ich liebe Alex! Ich liebe ihn! Ich liebe ihn ...

»Du hast Angst«, sagte Sikinika mit eiskalter Stimme. »Nicht Angst um dein Leben ... Angst um ihn! Und ich nehme ihn dir weg. Ich bin schöner als du!«

Fassungslos, von einem plötzlichen Licht geblendet, wurde Veronika zum ersten Mal Zeuge, wie ein Mensch durch eine goldene Wand gehen und verschwinden kann. Ein Phänomen, das auch Alex und Paul Stricker nicht erklären konnten.

Durch eine andere, bisher ebenfalls unsichtbare Öffnung erschien ein Offizier und winkte. Veronika sprang auf. Die Erstarrung ließ nach, aber es krampfte sich alles in ihr zusammen, das Hämmern ihres Herzens erschien ihr so laut, als wären es Paukenschläge, die zwischen diesen hohen goldenen Wänden dröhnten.

Sie ist wirklich schöner als ich, dachte sie und folgte mit unsicheren Schritten dem schwarzledernen Offizier. Eine solche Schönheit hat noch keiner gesehen, das gab es auch auf den Bildern schönheitstrunkener Maler nicht. Aber kann ein Mann eine Frau lieben, die wie ein Denkmal ist?

Eine Frau, die Kälte ausstrahlt? Mit einer Stimme, die dich frieren lässt? Kann eine goldene Statue zärtlich sein?

An einigen Mädchen, denen sie begegneten und die vogelähnliche Kopfbedeckungen trugen, sah Veronika, dass sie in das Krankenhaus gekommen waren. Zwei Priester-Ärzte musterten sie hoheitsvoll und abweisend – der gleiche Blick wie bei der Königin.

Ein Gang war abgesperrt von sechs Soldaten. Ein Arzt mit einer silberbestickten Kappe empfing Veronika schweigend und führte sie weiter. Der Offizier blieb zurück. In die unmittelbare Nähe der Götter dürfen nur die Priester.

Eine Tür wurde aufgestoßen: ein mittelgroßes Zimmer mit einem Bett, einem Tisch, einem Stuhl und dem Ständer mit der tönernen Waschschüssel; die Wände bespannt mit gestickten Decken. Der Priester verneigte sich knapp und ließ Veronika allein. Die Tür blieb offen ... das einzige, was diesen Raum von einer Gefängniszelle unterschied.

Veronika setzte sich auf das Bett und krallte die Finger um die Bettkante. Man hat mich belogen, dachte sie plötzlich. Man hat mich nicht zu Alex geführt. Das hier ist ein großes Grab, weiter nichts. Man will mich wahnsinnig machen, ich soll aus Angst verrückt werden. Sie haben mich von allen anderen entfernt, damit mich die Einsamkeit auffrisst! Wenn ich dann schreie und tobe, werden sie Alex holen und sagen: Das ist sie jetzt. Sie hat den Verstand verloren. Wir konnten es nicht verhindern. Und dann wird sie kommen, sie, die schönste Frau, die es je gegeben hat ...

Nicht mit mir, dachte Veronika. Ihr kriegt mich nicht klein! Ihr wisst nicht, wie viel Kraft ich besitze! Liebe versetzt Berge ... ich habe es immer für eines der dümmsten Sprichwörter gehalten. Jetzt weiß ich, wie wahr es ist: Ich könnte ganz Urapa versetzen ... Sie sprang auf, rannte hinaus auf den Gang und ballte die Fäuste. »Ihr Lügner!«, schrie sie. »Ihr gemeinen Heuchler! Ihr ...«

Die Tür neben ihr wurde aufgerissen. Und da verstummte sie plötzlich: der Gang, Wände und Decke drehten sich – sie suchte Halt und spürte, wie zwei Arme sie packten. »Alex …« stammelte sie. »Alex! Sie haben mich wirklich zu dir gebracht. Sie haben …« Und sie spürte noch, wie er sie küsste, sie hatte sogar noch die Kraft, ihre Arme um seinen Nacken zu schlingen … dann wurde es dunkel um sie.

Später lag sie auf dem Bett. Alex hatte ihr eine kalte Kompresse auf die Stirn gelegt, saß neben ihr und hielt ihre Hand. Ihr Lächeln war voll kindlichen Glücks.

»Es war alles zu viel für mich«, sagte sie matt. »Ich habe geglaubt, sie wollten mich lebendig begraben. Im alten Ägypten war das so üblich.« Sie drehte sich auf die Seite und legte ihr Gesicht auf seine Hand. »Vielleicht tun sie es noch … wie bei Aida und Radames.«

»Zuerst wird man abwarten, wie die Operation verläuft.« Alex lebte seit Stunden nur noch in dieser Operation. Was Veronika andeuten wollte, worauf sie wartete – auf eine Erklärung vielleicht, was zwischen ihm und Sikinika vorgefallen war – er reagierte nicht darauf. Ihr Herzensproblem erreichte ihn nicht … für ihn war das Osteom jetzt allein der Mittelpunkt seines Lebens.

Er hatte den Jungen gründlich untersucht. Nichts sprach gegen eine Verschiebung des Termins. Kreislauf, Herz, Blutdruck, Puls, alles war normal. Er hatte noch einmal das Bein untersucht und sich selbst eingeredet, dass es nur ein Osteom war. Der Junge hatte jeden seiner Handgriffe mit seinen großen blauen Augen beobachtet. Als er seine Instrumente wieder in die Tasche packte, hatte der Junge gefragt: »Muss ich sterben?«

»Natürlich! Wir müssen alle sterben. Und keiner weiß, wann. Es wäre auch schrecklich, wenn jeder seine Todesstunde wüsste. Aber ich weiß eins, Sikinophis: Du wirst übermorgen nicht sterben.«

»Das versprichst du mir?«

»Das verspreche ich dir.«

Seit diesem Gespräch beherrschte ihn nur der eine Gedanke: Es darf keine Komplikationen geben! Auch wenn es kein Osteom, sondern ein bösartiger Tumor ist, und ich muss das Bein bis zum Hüftgelenk abnehmen ... es darf keine Komplikationen geben! Ich habe mein Wort gegeben. Die Gefahr liegt nicht in dem Bein ... sie heißt Dombono! Er kann während der Operation einen Zwischenfall inszenieren, dem ich wehrlos ausgeliefert bin. Es gibt viele Möglichkeiten, am OP-Tisch Schicksal zu spielen. Jede Operation ist ein Eingriff in das Schicksal, und der Mensch, der da vor einem liegt, ist wehrlos.

»Ich habe dich kommen lassen, damit du mir hilfst«, sagte Alex jetzt. »Bei der postoperativen Pflege ...«

»Nur deshalb, Alex ...?« Ihre Stimme wurde ganz klein. Sie sitzt schon in seinem Herzen, dachte sie bitter. Die goldene, kalte Maske!

»Natürlich nicht.« Er streichelte ihr Haar. Sie spürte es, aber sie empfand dabei nichts als Leere. »Hier bist du sicher, Vroni.«

»Danke.«

Ein Danke, wie man es hundert Mal sagt, wenn einem etwas Belangloses überreicht wird.

»Ich habe gesagt, dass du in Krankenpflege ausgebildet bist.«

»Das stimmt doch gar nicht.« Sie hob den Kopf. »Ich habe keine Ahnung davon.«

»Du wirst es schnell lernen. Ich erkläre es dir. Eigentlich brauchst du nichts anderes zu tun, als neben Sikinophis zu sitzen, wenn ich einmal schlafe. Wir werden uns abwechseln mit den Wachen. Der Junge darf keine Minute ohne Aufsicht gelassen werden. Vor allem die ersten zwei Wochen ...«

»Zwei Wochen?« Ihr Körper zog sich zusammen, als befiele ihn plötzlich Eiseskälte. Er denkt gar nicht daran, dieses fürchterliche Land zu verlassen! Er rechnet mit Wochen, vielleicht mit Monaten ... vielleicht mit immer – – – Hat sie ihn schon so fest in der Hand – diese Frau aus eisigem Gold?

»Ich freue mich«, sagte sie. Aber ihre Stimme klang traurig. Alex hörte diese feinen Nuancen nicht mehr.

»Ich mich auch«, antwortete er. Er küsste sie, aber es sprang plötzlich kein Funke mehr über. Ein Kuss wie unter guten Bekannten beim Wiedersehen oder beim Abschied.

»Vielleicht gelingt es mir, auch die anderen herüberzuholen«, sagte er und stand auf.

»Sicher! Du bist jetzt ein mächtiger Mann.« Es klang bitter. Sie setzte sich im Bett auf und legte die Hände in den Schoß.

»Fühlst du dich schon stark genug, mitzukommen und den Jungen zu begrüßen?«, fragte er.

Veronika nickte und schwang die Beine auf den Steinboden. Ihr Sohn, dachte sie. Über ihren Sohn erobert sie Alex. Und entsetzt stellte sie fest, dass sie auch auf den Jungen eifersüchtig war ... ohne ihn zu kennen!

Sikinophis saß aufrecht im Bett und hatte sich Hubers Membranstethoskop in die Ohren geklemmt. Interessiert hörte er seinen eigenen Herzschlag. Huber blieb an der Tür stehen.

»Wer hat dir das gegeben?«, sagte er streng. Der Junge lächelte selig und hielt ihm die Membrane hin.

»Ich habe es mir geholt.«

»Und ich habe dir verboten, das Bett zu verlassen und zu gehen! Leg das Stethoskop hin! Ein für alle Mal, Sikinophis: Wenn ich etwas anordne, dann gilt das und wird nicht übertreten! Noch einmal so ein Blödsinn, und ich verhaue dir den Hintern! Verstanden?«

Der Junge warf das Stethoskop aufs Bett und hob trotzig den Kopf. »Ich bin der Sohn der Sonne!«, sagte er.

»Du bist ein Lausejunge, weiter nichts! Ich dachte, wir sind uns einig? Sind wir Freunde oder nicht?«

»Das sind wir, aber ...«

»Hier gibt's kein Aber!« Huber winkte energisch ab. »Ich bin jetzt verantwortlich für dich! Sikinophis, mach mir keinen Kummer und sei gehorsam! Es geht um unser Leben!« Er wandte sich an Veronika, die noch im Gang draußen stand. »Siehst du, wie notwendig es ist, dass immer jemand bei ihm ist?«, sagte er auf Deutsch. »Eine halbe Stunde war ich weg, und schon geht der Tanz los!«

»Er ist herrisch wie seine Mutter!«, sagte Veronika.

»Nein, er ist ein Junge wie alle Jungen.«

Er verteidigt sie bereits, dachte Veronika voll Bitterkeit. Sie kam ins Zimmer, mit dem festen Willen, diesem Jungen nicht einen Funken Sympathie zu gönnen. Aber dann sah sie den blonden Lockenkopf, die schönen blauen Augen, und es war auch ihr unverständlich, dass diese kalte Frau so ein Kind hatte gebären können. Der Junge betrachtete Veronika mit geneigtem Kopf, er musterte sie wie einen interessanten Gegenstand.

»Du bist das also?«, sagte er unvermittelt. »Weil es dich gibt, liebt mein Freund nicht meine Mutter ...«

Es war wie ein Blitz, der Veronikas Hass und Eifersucht, ihre Angst und Resignation zerschlug. Von diesem Augenblick an begann sie den Jungen zu lieben wie ihren eigenen Sohn.

Am Abend kam Dombono. Sikinophis hatte gegessen – zwei untere Priester bedienten ihn – und Doktor Huber hatte zuerst von jeder Speise gekostet. Die Tradition des Giftmordes stirbt nie aus.

»Wie sind Ihre Untersuchungen ausgefallen?«, fragte Dombono. Veronika, die auf Sikinophis' Bett saß und mit ihm ein urapisches Brettspiel spielte, das der Junge ihr erklärt hatte und die mathematische Logik schulte, beachtete er nicht.

»Sehr gut. Der Junge ist kerngesund bis auf sein Bein. Der Operationstermin kann eingehalten werden. Übermorgen früh.«

»Soll Doktor Stricker assistieren?«

»Das wäre gut. Er kann sich um den Kreislauf kümmern. Davon versteht er mehr als ich.«

»Sie haben sonst keine Vorbereitungen nötig?«

»Nein! Ich verlange nur absolute Sterilität des OP-Raumes. Da liegt meine größte Sorge.«

»Meine nicht.« Dombono lächelte mokant. »Wir besprühen die Wände und den Boden mit dem Saft der reinen Blume ...«

»Dieser merkwürdig herbsüße Geruch im OP?«

»Ja!«

»Das ist Ihr Ressort; auch die Anästhesie. Und noch etwas: Sorgen Sie für kochendes Wasser. Eine andere Sterilisationsmöglichkeit meiner Instrumente haben wir ja nicht.« Huber warf einen raschen Blick auf den Jungen. Der sah Dombono aus hasserfüllten Augen an.

»Sie sollten schon beginnen, im Tempel für Sikinophis' Gesundung zu beten«, sagte Huber herausfordernd.

Dombono nickte. »Die Feuer lodern seit Tagen. Es ist nicht Ihre Welt, Doktor Huber.« Dombono faltete die Hände vor der Brust. Er sah fast zufrieden aus. »Interessanter für Sie dürfte sein, dass Ihr Landsmann Albert Heimbach verrückt geworden ist.«

19

Vom Bett polterten die Spielsteinchen. Veronika war aufgesprungen und hatte das Brett umgeworfen, auf dem Sikinophis gerade seine Partie gelegt hatte. Er rief Dombono etwas zu und schlug mit der Faust wütend auf die Bettdecke. Der Priester senkte den Kopf und presste die Lippen zusammen. Huber schloss einen Moment die Augen.

Albert Heimbach. Er hatte das befürchtet. Der Wahnsinn schwelte schon lange in ihm. Der Käfig an der Tempelmauer hatte seinen Geist zerbrochen. Die letzten Stunden, in denen er völlig normal schien, waren nur ein Abschied von seinem Verstand gewesen.

»Wo ist Heimbach jetzt?«, fragte Huber bedrückt.

»Wir haben ihn behandelt. Er ist jetzt still. Wollen Sie ihn sehen?«

»Ist Doktor Stricker nicht bei ihm?«

Dombono hob die breiten Schultern. »Was ist ein Arzt ohne Medikamente? Gute Reden helfen nicht.«

»Kann ich mehr? Ich kann Heimbach nicht mit meinen Instrumenten das Gehirn herumdrehen.« Huber ging zu seiner Arzttasche und klappte sie auf. Er suchte unter den mitgebrachten Medikamenten und schüttelte dann den Kopf. »Ich könnte ihn – wie Sie es getan haben – beruhigen. Vielleicht hilft das etwas? Eine Dauerschlaftherapie. Aber auch dazu fehlen mir die Medikamente. Wir sollten Heimbach so lange ruhig stellen, wie es eben geht. Ist er hier im Krankenhaus?«

»In einem Zimmer auf dem Nebenflur. Sie können jederzeit zu ihm.« Dombono drehte sich um und verließ das Zimmer.

Sikinophis blickte ihm böse nach und ballte die Fäuste.
»Ich mag ihn nicht!«, sagte er laut. »Ich mag ihn nicht.«

»Darin sind wir uns einig, mein Junge.« Huber ging unruhig im Zimmer hin und her. Veronika sammelte die Steinchen des Brettspieles vom Boden. Sie weinte. Heimbachs Zustand ging ihr sehr nahe.

»Es fängt schon an!«, sagte Alex nachdenklich. »Ein raffinierter Bursche, dieser Dombono. Serviert mir einen neuen Patienten, in der Hoffnung, ich lasse mich ablenken und hinüberlocken zu Heimbach. Mit dir, so rechnen sie, würden sie ohne Mühe fertig werden. Wenn Sikinophis in meiner Abwesenheit etwas passiert, wird man immer sagen, *du* seist es gewesen.«

»Warum? Ich habe doch keinen Grund dazu ...«

»Der Hass einer Frau kann eine Welt zerstören, der Hass zweier Frauen das ganze Weltall.«

Veronika hatte die Steine aufgesammelt und brachte sie jetzt dem Jungen. Sikinophis ordnete sie wieder auf dem Brett und war damit beschäftigt, die ursprüngliche Lage der Steine wieder herzustellen.

»Die Göttin«, sagte Veronika und sah Huber fragend an. »Was ist mit ihr, Alex?«

»Sie ist die Mutter des Jungen und liebt mich.«

»Und weiter?«

»Weiter nichts. Sie weiß, dass wir zusammenbleiben werden. Ich konnte sie nicht daran hindern, mich zu küssen ...«

»Sie kann küssen?«, sagte Veronika überrascht. »Dieses Bild aus Eis und Goldstaub kann küssen?«

»Ich war wie gelähmt.«

»Und seitdem denkst du an sie. Seitdem ist sie in dir wie eine unheilbare Krankheit, nicht wahr? Immer, wenn du den Jungen ansiehst, siehst du auch sie ...«

Alex starrte Veronika entgeistert an. »Fang nicht an, wie

Heimbach, verrückt zu werden!«, sagte er. »Himmel nochmal, was redest du für einen Blödsinn!«

»Ich fühle es!«

»Dann würde ich mal in eine andere Ecke deiner Seele blicken!«

»Der Sarkasmus der Männer! Typisch! In die Enge getrieben, werden sie höhnisch und gemein! Die Flucht in die Phrase!«

Alex setzte sich auf den Hocker und schlug sich auf die Schenkel. Mit großen Augen hörte der Junge zu ... er verstand kein Wort, aber er sah, dass es keine guten Worte waren. »Himmel noch mal! Eine richtige Szene, wie in einer Klamotte!«, rief er. »Aus dem Nichts heraus ein Krach wegen nichts!«

»Ist ein Kuss ein Nichts?«

»In diesem Falle ja!«

»Und ist es nichts, wenn sie zu mir sagt: Ich nehme ihn dir weg! Ich bin schöner als du! Ist das nichts?«

»Das hat sie wirklich gesagt?«

»Ja! Sie betrachtet dich als ihr Eigentum! Wenn du den Jungen operiert hast, wird sie sich ins Bett legen! Soll ich dir die Therapie erklären? Und sie wird dich bekommen, das weiß ich! Sie wird dich mit ihrer Schönheit willenlos machen, und während du in ihren Armen liegst, wird sie mich umbringen lassen. Es wird dir noch nicht einmal auffallen. Du wirst gar nicht nach mir fragen ...«

»Ich habe nicht gewusst, dass du hysterisch sein kannst«, sagte Alex ruhig. Er stand auf und ging zur Tür. »Aber um das für immer abzustellen, wird es jetzt einen Donnerschlag geben! Ich bin Chirurg, mein liebes Kind, und bei mir gibt es nur einen klaren Schnitt!«

»Wo willst du hin?« Veronika starrte ihn entsetzt an. Die letzte, verzweifelte Kraft, mit der sie Alex halten wollte, war verbraucht. Jetzt kam sie sich vor wie ein Stück Schlacke, ausgebrannt, nutzlos, zum Wegwerfen. Das war alles, dachte sie. Das war mein ganzes Herz. Ich bin nicht hysterisch … ich liebe dich nur, und ich weiß, welch eine Macht diese andere Frau besitzt. Jetzt kann ich nichts mehr tun … ich kapituliere.

»Ich gehe zu ihr!«, sagte Alex. »Ich kläre unsere Positionen! Ich habe mich mit anderem zu beschäftigen als mit Weibergezänk!« Er wollte hinausgehen, aber die Stimme des Jungen hielt ihn zurück.

»Sprecht ihr über meine Mutter?«, fragte er. Huber drehte sich um und kam ins Zimmer zurück.

»Ein kluges Kerlchen!« Er setzte sich auf das Bett und schob das Brettspiel zur Seite. »Was machst du, wenn du deine Mutter sprechen willst?«

»Jetzt?«, fragte der Junge.

»Ja, jetzt.«

»Ich habe eine Glocke.« Er griff unter das Kissen und holte ein kleines goldenes Glöckchen hervor. »Wenn ich läute, hört sie ein Priester. Nur ich habe diese Glocke mit diesem Ton …«

»Dann läute!«, sagte Huber, nun zu allem entschlossen.

»Alex!«, stammelte Veronika. Sie umklammerte ihn verzweifelt. »Alex, tu's nicht! Ich war verrückt, du hast Recht, ich bin hysterisch, ich bin … tu's nicht! Lass uns die letzte halbe Stunde vergessen …«

»Warum soll ich läuten?«, fragte Sikinophis. Er hielt die Glocke hoch über seinen blonden Lockenkopf. »Es muss ein ganz wichtiger Grund sein, sonst wird sie böse.«

»Bin ich wichtig, mein Freund?«

Sikinophis sah ihn verblüfft an. Dann lächelte er. Ein Engelslächeln. »Du bist der Wichtigste …«

»Bitte nicht!«, rief Veronika. »Bitte, bitte nicht!«

Es war zu spät. Der Junge schwang die Glocke. Es war ein heller, jedoch kein ungewöhnlicher Ton, wie Huber erwartet hatte – gewohnt, in diesem Land nur Wunder zu erleben. Es war fast enttäuschend ... es gab Glöckchen mit einem feineren Klang.

Gespannt warteten sie, was nun geschah. Aber alles blieb still, kein Priester erschien, kein Offizier, nicht einmal Dombono, über den alles lief, was zur Göttin gelangen sollte. Sikinophis schien das nicht zu beunruhigen. Er holte das Brett wieder auf die Knie und nickte Veronika zu. »Spielen wir weiter?«

»Jetzt nicht. Später ... vielleicht«, sagte Veronika unsicher. Wird es überhaupt noch ein später geben, dachte sie. Bis zur Operation wird diese kalte Frau alles ertragen, aber dann wird sie rücksichtslos zuschlagen und uns vernichten. Wer hindert sie daran, ihre Versprechungen zu vergessen? Warum kommt sie nicht?

Sie war da, aber man sah sie nicht. Der Junge zuckte plötzlich zusammen, er wurde steif und starr, die Augen weiteten sich und bekamen einen unirdischen Glanz. Es war, als wäre sein Gesicht plötzlich von innen erleuchtet. »Sikinophis«, flüsterte Veronika. Ihre Finger krallten sich in Hubers Rücken. »Sieh dir das an! Mein Gott!«

»Was willst du?«, fragte der Junge. Seine Stimme war kalt und fremd. Ihre Stimme ... die Stimme der Göttin von Urapa. Huber schluckte mehrmals. Das Phänomen überwältigte ihn. Sie ist in seinem Körper, dachte er. Ihr geistiges Ich ist in einen anderen Leib geschlüpft. Er hatte davon gehört – von spiritistischen Sitzungen, Geisterbeschwörungen, Seancen, Materialisation ferner Personen und er hatte alles rundheraus als Quatsch bezeichnet; und einmal bei einer Diskussion unter Medizinern hatte er den uralten Witz des Medizinpapstes Virchow zitiert: »Ich habe Tausende von Menschen aufgeschnitten, aber eine Seele habe ich noch nie gefunden ...«

Jetzt erlebte er, wie Sikinophis' Wesen verschwand, wie

nur noch sein Körper übrig blieb, und wie seine Mutter von dieser Hülle Besitz ergriff.

Hubers Stimme unterbrach energisch die geisterhafte Stille und zerstörte die Ergriffenheit vor dieser Seelenverwandlung. »Wozu diesen Trick!«, sagte er fast brutal. »Es ist Ihnen doch klar, dass Sie damit das Nervenzentrum Ihres Sohnes dermaßen belasten, dass ich die Operation hinausschieben muss! Wenn Sie wieder verschwunden sind, werden wir's ja sehen. Bis zur Stunde war der Kreislauf des Jungen hervorragend ...«

»Du wolltest mich sprechen ...« sagte die kalte Stimme aus Sikinophis' Mund.

»Nicht so! Ich verzichte darauf! Es wird sich die Gelegenheit bieten, Sie wieder leiblich zu sehen.«

»Du Narr! Ich bin immer bei dir! Wenn dich Sikinophis anblickt, sehe ich dich an ... wenn er dich anlächelt, ist es mein Mund! Sag, was du willst!«

»Ruhe! Vor Ihnen, Madame!«

Das beleidigt sie, dachte er. Das trifft sie – die Frau, nicht die Göttin! »Verlassen Sie den Körper des Jungen sofort!«, sagte Huber grob. »Entscheiden Sie sich endlich. Wollen Sie Mutter sein oder Geliebte ...«

»An diesen Satz sollst du denken!«, sagte die kalte Stimme. »Vergiss ihn nicht.«

Der Junge zuckte zusammen. Die weiten Augen verengten sich, das innere Strahlen in dem Gesicht erlosch ... er sank zurück, Schweiß bedeckte plötzlich den ganzen Körper. Sein Atem flog.

»Das ist unverantwortlich!«, schrie Huber und holte sein Stethoskop. »Vroni, die Tasche! Hol die Spritzen heraus. Schütte alles aufs Bett, ich suche mir das Nötige heraus. Mach schnell!«

Er beugte sich über den Jungen. Der Atem des Kindes rasselte, sein Herz hämmerte wie wild. Dann lief wieder ein

Zucken durch den schmalen Körper, ehe er sich streckte. Schlagartig hörte der laute Atem und das Herzjagen auf ... Sikinophis schlief. Huber tastete die Brust mit dem Stethoskop ab, maß Puls und Blutdruck und richtete sich dann auf.

»Alles wieder einpacken!«, sagte er resignierend. »Wir brauchen es nicht. Alle Funktionen sind wieder normal. Verdammt! Ich zweifele langsam an allen ärztlichen Lehren! Wir sind Stümper gegen das, was wir hier erleben, wenn es um die Seele geht. Aber ein Osteom können sie nicht operieren ...«

Am frühen Morgen des übernächsten Tages wurde Sikinophis von vier festlich gewandeten Priestern abgeholt.

Überall erklangen Gongschläge ... in den Tempeln, von den Berghöhen, in den Straßen. Ein ganzes Volk betete für den Sohn der Sonne.

Huber war schon vorausgegangen und wurde im OP von Dombono, den Oberärzten und Doktor Stricker empfangen. Das große Zimmer roch betäubend nach dem herbsüßen Saft der Reinheit. Nach Dombonos Zusicherung musste das Zimmer völlig steril sein. Auch Alex Huber wurde mit dem Saft besprengt, als er hereinkam. Aus einem Räuchergefäß quoll roter Qualm, mit dem er von allen Seiten eingenebelt wurde.

»Das hat nicht mal der Papst«, hörte er Stricker sagen.

Ein gutes Wort, wenn auch typisch für Stricker, aber es nahm bei Huber sofort einen Teil der inneren Last, die er seit dem frühen Morgen mit sich herumschleppte: Es ist nicht nur ein Osteom, das du herausschälst ... mit deinem Skalpell rettest du sechs Menschenleben ... wenn sie ihr Versprechen halten!

Die Tür sprang auf. Sikinophis wurde hereingerollt. Die Priester verneigten sich tief. Selbst Dombono senkte sein Haupt tiefer als sonst.

Huber trat an das Bett. Der Junge lächelte.

»Angst?«, fragte Huber.

»Ja.«

»Bin ich dein Freund?«

Der Junge nickte. Man sah ihm an, wie schwer es ihm fiel, jetzt tapfer zu sein. Er war ein ganz normales Kind ... und in den Augenwinkeln glitzerten Tränen.

»Dann woll'n wir mal!«, sagte Huber bewusst forsch. Er ging zum OP-Tisch. Auf einem kleineren Tisch, auf einem weißen Tuch, lagen seine seit Stunden ausgekochten Instrumente. Eine kleine hübsche Schwester lächelte ihn verlegen und bewundernd an.

Wie bei uns, dachte er. Nur wird der Chef nicht ausgeräuchert, sondern beweihräuchert.

Eine geradezu törichte Fröhlichkeit überkam ihn.

»Sie sehen aus wie ein glücklicher Mensch, Huber«, sagte Stricker, der auf der anderen Seite des OP-Tisches stand.

»Wenn Sie wüssten ...« Huber tauchte seine Hände in eine der bereitgehaltenen Schüsseln. Zwei Priester hoben den Jungen auf den Tisch. »Mir ist zu Mute wie einem Scharfrichter, der sich bei der Generalprobe selbst aufgehängt hat ...«

Plötzlich erglänzte der ganze Saal in einem goldenen Schein. Hubers Sorge, nicht ohne Scheinwerfer operieren zu können, war grundlos. Das Strahlen war so intensiv, als lebe man im Inneren der Sonne, und doch war es ein weiches, ein goldenes Licht.

Huber drehte sich, um die Lichtquelle zu suchen. Die hintere Wand des OP schien sich bis ins Unendliche geöffnet zu haben. Auf einem Thron saß Sikinika: ein einziger Glanz.

»Hinaus!«, sagte Huber laut. Dombono, die Priester, Stricker und die Schwestern – alle zuckten zusammen. Stricker hielt sich am Tisch fest, seine Beine versagten vor Schreck ihren Dienst.

»Hinaus!«, wiederholte Huber und machte die typische Handbewegung, die nie missverstanden wird. »Oder ich operiere nicht!«

20

Doktor Stricker war der erste, der die Sprache wieder fand. »Sind Sie wahnsinnig?«, stammelte er. »Die kriegen es fertig, auf die Operation zu verzichten und stattdessen uns die Brust aufzuschneiden. Auch wenn ich einen kleinen Herzklappenfehler habe ... für den Regengott von Urapa ist mir mein Herz immer noch zu schade!«

»Das verstehen Sie nicht, Stricker.« Huber blickte Sikinika fordernd an. Er hatte sich an das goldene Strahlen jetzt gewöhnt und sah, dass ihr Gesicht so voller Goldpuder war, dass es wirklich einer Statue glich. »Das ist eine reine Kraftprobe!«

»Die Sie verlieren, Sie Narr!«

»Sind Sie sicher? Es geht um die Durchsetzung eines Willens! Es ist eine Privatsache, Stricker ... Mann gegen Frau ...«

»Sie sind wirklich verrückt«, stotterte Stricker atemlos. »Sagen Sie bloß, Sie haben in der Göttin die Frau aufgeweckt ...«

»So ähnlich.« Huber stieß sich vom OP-Tisch ab. »Ich erkläre Ihnen das später.«

»Sie Optimist! Das überleben Sie nicht!«

»Was ist nun?« rief Huber in den Raum. Seine Stimme hallte von den kahlen Wänden wider. Hinter sich hörte er wie sich Dombono bewegte. Sein goldenes Gewand raschelte. Was nun, dachte er. Sein Nacken versteifte sich. Bekomme ich einen Dolch in den Rücken? Er drehte sich nicht um, er wartete und sah Sikinika an. Ihre Augen konnte er nicht erkennen. Sie verschwanden unter der dicken Schicht des glitzernden Diamantenstaubes.

»Ich beginne mit der Narkose!«, sagte Dombono dicht

hinter Huber. Sein Mund war so nah, dass Huber Dombonos Atem spürte.

»Warten Sie damit!«, befahl Huber kalt. »Hier müssen grundsätzliche Dinge geklärt werden. Ich will wissen, wer hier Chef im OP ist! Sie, die Königin oder ich! Und wenn das klar ist, gilt nur *eine* Meinung!«

Verrückt, dachte Huber und wartete auf eine Reaktion. Die Spannung in ihm war so groß, dass seine Mundwinkel zu zucken begannen. So sehr er sich dazu zwang, er konnte dieses Zucken nicht mehr beherrschen. In München haben wir innerlich getobt, wenn der Chef wie ein absoluter Herrscher auftrat und uns zu Handlangern oder gar Arschlöchern im weißen Kittel degradierte. Wir haben durch die Zähne geflucht, nie laut, dazu waren wir zu feig. Und was mache jetzt ich? Ich benehme mich nicht anders. Ich übertreibe es sogar: Ich werfe eine Göttin hinaus! Das hätte selbst ein Sauerbruch nicht gewagt.

»Fangen Sie an!«, sagte Dombono dunkel. Es war, als versetze er Huber einen Hieb in den Nacken.

»Nein!«

Ungefähr fünf Minuten standen sie sich gegenüber, schweigend, einander anstarrend, zwei ungleiche Gegner – und doch durch ein geheimnisvolles Gefühl miteinander verbunden. Der eine auf einem goldenen Thron, von Licht umflossen ... der andere in zerknitterter Hose, im Unterhemd, mit bloßen Armen. Die prächtige Operationstracht der Priester hatte Huber abgelehnt, sie hinderte ihn nur. OP-Kittel, Kappe und Mundschutz gab es nicht ... also operierte er freiweg mit fast bloßem Oberkörper. Über seine Haut lief ein Kribbeln ... Dombonos Saft der Reinheit. Die Desinfektion schien tatsächlich zu wirken.

Ebenso plötzlich wie sich die Wand geöffnet hatte, schloss sie sich wieder. Das Licht blieb, aber Sikinikas Gestalt versank, löste sich auf, zerfloss im Goldglanz.

Von großartigen Effekten verstehen die was, dachte Huber. So etwas hält das Volk an den Göttern fest. Er drehte sich um und wäre beinahe gegen Dombono geprallt, der hinter ihm stand, als wolle er sich gleich auf Huber stürzen.

»Na also!«, sagte Huber zufrieden. Er warf einen Blick auf Stricker. Der sonst so kaltschnäuzige Weltenbummler hatte alle Farbe verloren. Sein Gesicht war grau. »Was ist denn? Worauf warten wir?! Das Osteom springt nicht allein vom Knochen!« Münchener Chefworte! Stricker lächelte gequält.

»Wenn alles vorbei ist, Huber«, sagte er nach einer Weile heiser, »erlauben Sie mir, Ihnen in den Hintern zu treten!«

»Sie können sich bedienen, Kollege, wenn es Ihnen Spaß macht.« Huber kam an den Tisch zurück. Sikinophis lag flach auf der Platte, man hatte ihn bereits angeschnallt. Mit verzerrtem Mund nickte er Huber zu. »Wenn Sie wüssten, Stricker, wie mir der Schließmuskel zittert! Aber jetzt ist es durchgestanden. Wie gesagt, es war eine reine Privatsache!«

Dombono beugte sich jetzt über den Jungen. In einer goldenen Schnabeltasse reichte er ihm das geheimnisvolle Getränk, das einen tiefen, narkotischen Schlaf bewirkte. Sikinophis zögerte einen Augenblick, dann griff er und setzte die Tasse an seine Lippen. Huber kaute lautlos, als habe er einen Kaugummi zwischen den Zähnen. »Stricker, halten Sie für alle Fälle den Äther bereit«, sagte er.

»Nicht nötig. Ich habe Ihnen von der Gallenblase erzählt. Das Zeug wirkt probat. Die Patienten lächeln in der Narkose, als hätten sie wunderschöne Träume.«

Huber wartete. Neben ihm standen zwei Oberärzte und rieben mit versunkenen Mienen die blanken stählernen Messer. Die Kraft ihres Willens floss ins Metall über und verwandelte sich in strahlende Energie.

»Können Sie Gefäßklemmen setzen?«, fragte Huber.

Stricker betrachtete den Instrumententisch. Kocherklemme zahnlos, dachte er. Kocherklemme gezahnt. Klemme nach Krönlein-Sauerbruch. Arterienklemme nach Höpfner. Wundhaken stumpf, nach Volkmann. Scharfer Löffel nach Schede. Knochenfeile. Raspatorium nach Langenbeck. Pinzetten. Die Cooper-Schere ... wie das alles wieder ins Gedächtnis kommt. Und was dieser Huber alles mit sich herumschleppt!

Er nickte und begann zu schwitzen. »Ich glaube, es geht, Huber.«

»Jeder Handgriff muss sitzen! Und es muss schnell gehen! Wenn die hier viel Blut sehen, drehen sie durch.«

Sikinophis schlief ein. Er lächelte tatsächlich, losgelöst von allem Irdischen. Dombono demonstrierte die Schmerzfreiheit ... er zog mit einem Haken die Bauchdecke des Jungen hoch. »Überzeugt Sie das?«, fragte er dabei.

»Noch nicht. Wie tief ist die Narkose? Das ist ein Oberflächenschmerz. Wie steuern Sie die Narkose? Sie können den Jungen doch nicht nachtrinken lassen ...«

»Solange es nötig ist, wird er schlafen.«

»Ihr Wort in aller Götter Ohren.« Huber griff zu dem ersten Skalpell. Mit den Fingern der linken Hand tastete er das deutlich manifestierte Osteom ab. Stricker versorgte sich mit Klemmen und Haken. Es würde eine große Fleischwunde geben, damit Huber genug Platz hatte, die Knochenwucherung abzutragen. Falls es nur eine Wucherung war –.

»Ich mache einen geraden Schnitt, und Sie ziehen die Wundränder breit auseinander. Das genügt mir!«, sagte Huber. »Es bleibt dann später nur eine auch im kosmetischen Sinne vertretbare Narbe zurück.«

»Sie haben Nerven!«, stöhnte Stricker.

Dombono und die anderen Priester-Ärzte waren näher getreten. Ihre energiegeladenen Messer lagen in Dombonos breiten Händen. Sein dunkles Gesicht war maskenhaft … er hielt die Energie im blanken Stahl.

Der erste Schnitt. Schnell, wie mit dem Lineal gezogen. Die Haut klaffte auf; jetzt die obere Fettschicht; es blutete nur wenig. Stricker tupfte ab. Er schielte zu den Ärzten hin … ihre Augen waren ausdruckslos. Blut! Der Sohn der Sonne blutet. Bei ihren Messern gab es kein Blut.

»Wollen Sie nicht doch – nur wegen der Blutstillung – Dombonos Messer ansetzen?«, fragte Stricker tonlos. »Abwechselnd, Huber. Sie schneiden mit dem Skalpell, die anderen stillen die Blutung …«

»Abwarten.« Huber nahm ein neues, größeres Skalpell. In die Tiefe arbeiten bis zum Knochen … Es wurde, trotz Strickers guter Assistenz, eine blutige Operation. Dombonos Gesicht glänzte wie ein polierter Stein. Er schwitzte. Die Priester-Ärzte beteten stumm. Huber stieß ihn mit dem Ellenbogen an. Es blieb ihm keine andere Wahl, wenn der Blutverlust des Jungen nicht zu groß werden sollte. Zwar setzte Stricker die Klemmen richtig, aber immer ein paar Augenblicke zu spät. Er war Internist … seine letzte Arbeit am offenen Menschen war vor zweiundzwanzig Jahren in der Pathologie gewesen. Als Student.

Ich habe keine Möglichkeit für Transfusion, dachte Huber. Ich muss Dombonos Messer einsetzen. »Spielen Sie nicht bepinkeltes Denkmal!«, sagte er grob. »Zeigen Sie, was Sie können … Dombono!«

Dombono beugte sich über die auseinander gezogene Oberschenkelwunde. Sein Messer glitt über die Wundränder, über die Muskelstränge, berührte die gesetzten Klemmen. Es zischte nicht wie bei einer Koagulation, es stank nicht widerlich nach versengtem Fleisch … die Blutungen kamen zum Stillstand, als schliefen die Blutgefäße ein.

»Bravo, Dombono!«, sagte Huber ehrlich. »Das ist 1:0 für Sie!« Er trat einen Schritt zurück, und wie in jedem anderen OP kam eine Schwester und wischte ihm den Schweiß von der Stirn. Dann kam er wieder nach vorn und arbeitete weiter.

Der Knochen, die Wucherung ... Messer an Messer, Huber neben Dombono: sie präparierten das Osteom frei. Stricker half mit Haken und Klemmen. Der Feind im Körper des Sohns der Sonne war erreicht.

»Ein Osteom!«, sagte Huber. Es klang wie ein inbrünstiges Amen. »Stricker, wir haben Glück. Es *ist* ein Osteom. Ich entschließe mich zu einer Exzision. Eine Kürettage ist mir zu unsicher. Jetzt beten Sie, dass ich nicht den halben Knochen wegmeißeln muss!«

Sie hatten auch hier Glück. Die Wucherungen ließen sich abtragen, ohne tief in den Knochen zu gehen.

Im OP war es still. Das Klappern der Instrumente, das Meißeln, das Kratzen des Raspatoriums waren die einzigen Laute. Eine halbe Stunde lang ... und Huber vergaß völlig, wo er war. Er operierte, und das war alles. Er hatte einen offenen Oberschenkel vor sich. Er trug ein Osteom ab. Vor ihm lag ein Patient – das allein war wichtig.

Als er glaubte seine Schuldigkeit getan zu haben, richtete er sich auf. Er musste sich erst an den Gedanken gewöhnen, dass er nicht in München war. Sein Blick fiel auf Dombono.

»Fertig!«, sagte er. »Wenn ich jetzt zur Weiterbehandlung alles das hier hätte, was ich brauche! Stricker ...«

»Kollege?«

»Wie ist's mit dem Nähen?«

»Das Anreichen wird klappen!«, sagte Stricker schwer atmend. »Ihr Chirurgen seid wirklich eine Sorte Mensch für sich ...«

Nach einer guten Stunde wurde Sikinophis wieder aus dem OP geschoben. Er schlief noch, lächelte, und sein Gesicht war gut durchblutet. Huber kontrollierte noch Atmung, Puls, Herzschlag, Blutdruck ... alles normal.

»Meine Hochachtung, Dombono!«, sagte er und blickte dem Jungen nach. »Ihr Narkosemittel müssen Sie mir mitgeben.«

»Nichts wird Urapa verlassen außer Ihnen und Ihren Freunden.« Dombono winkte. Schwestern reichten Schüsseln mit duftendem Wasser. Die Ärzte tauchten die Hände hinein und spürten ein erfrischendes Prickeln auf der Haut. »Wann wird Sikinophis wieder laufen können?«

»Das wird noch einige Zeit dauern.« Dr. Huber wischte sich mit beiden Händen über das Gesicht. Jetzt spürte er die Anstrengung und eine bleierne Müdigkeit. »Immerhin haben wir in den Knochen ein ganz schönes Loch geschlagen. Ehe man ihn wieder voll belasten kann, geht einige Zeit hin.«

»Aber er wird wieder laufen?«

»Das garantiere ich!«

»Danke.« Dombono verneigte sich kurz, wandte sich um und verließ mit seinen Ärzten den OP. Sie ließen Huber und Stricker allein – wie Ausgestoßene.

»Jetzt wird der Halunke seine neuen Pläne darauf einstellen«, sagte Huber. Eine kleine hübsche Schwester räumte die Instrumente weg und warf sie in einen Kessel mit brodelndem Wasser. »Wie geht es übrigens Heimbach. Ist er wirklich verrückt geworden?«

»Keine Spur!« Stricker sah Huber erstaunt an. »Ich denke, Sie haben ihn angefordert? Dombono holte ihn deswegen ab ...«

»Keine Ahnung! Stricker, ich muss sofort dem Jungen nach! Für ihn beginnt jetzt erst die Gefahr, weil man mir alle Komplikationen unter die Weste jubeln kann! Sagen Sie den anderen, dass heute Morgen ihr Leben gerettet worden ist ...«

Er wartete keine Antwort mehr ab, sondern rannte aus dem OP. Die Flure waren leer ... niemand durfte den schlafenden Sohn der Sonne sehen. Huber rannte, als werde er gejagt; er erreichte das Bett, auf dem der Junge lag, kurz vor dem Eingang zum abgesperrten Teil des Krankenhauses.

Bis zum Abend wachte Alex Huber neben Sikinophis. Die Narkose ließ bald nach … als seine Augendeckel flatterten, gab Huber ihm eine schmerzstillende Injektion. Der Junge erwachte und suchte ihn mit seinen Händen.

»Es ist alles in Ordnung, mein Freund«, sagte Huber beruhigend. Sikinophis lächelte matt. Der Blutverlust. Verdammt, hätte ich die Möglichkeit zu Infusionen! Jetzt müssen die alten Hausmittel ran. Rotwein mit Ei. Kräftiges Essen. Gibt es hier überhaupt Rotwein? Wie mitleidig haben wir Ärzte immer gelächelt, wenn die Krankenhausbesucher heimlich den Operierten die Eier in eine Tasse mit Wein quirlten. Es gibt nichts Hochmütigeres als einen Mediziner …

»Wie sieht das Bein aus?«, fragte der Junge schwach.

»Hervorragend!« Noch, dachte Huber, noch! Wie wird es übermorgen sein? Gott im Himmel, wenn da was zu eitern anfängt …

Bis zum Abend saß er am Bett. Veronika ruhte noch. Bald übernahm sie die erste Nachtwache, danach legte sie sich wieder hin und Alex trat die zweite Nachtwache an.

»Ich habe gebetet«, hatte sie gesagt, als Huber vom OP zurückkam. »Ich habe auf den Knien gelegen und gebetet. Ich glaube, es gibt doch einen Gott.«

In dieser Nacht, der Junge schlief tief und schmerzfrei, dachte Huber an Sikinika. Die Operation war gelungen, sein Faustpfand für Veronika war nichts mehr wert. Jetzt würde der Kampf der Frauen beginnen.

Er saß neben dem Jungen auf dem Hocker und kontrollierte gerade wieder mit dem Stethoskop die Atmung, da spürte er auf einmal, dass er nicht mehr allein im Zimmer war. Er riss die Schläuche aus den Ohren und fuhr herum.

Eine fremde Frau stand hinter ihm. Hellhäutig, in einem einfachen langen Kleid, schlank und langbeinig, mit offenen braunen Haaren. Ihre festen Brüste spannten das Kleid, und ihr ovales, wundervoll harmonisches Gesicht erinnerte ihn an die Bilder alter spanischer Meister.

»Wie kommen Sie hier herein?«, fragte er und stand auf. »Wer sind Sie? Wieso hat man Sie durchgelassen?«

»Wer sollte mich aufhalten?«, sagte sie. Ihre Stimme war warm und dunkel, eine Stimme, wie in Samt gebettet. Sie trat an das Bett und beugte sich über den Jungen. »Eine Mutter darf doch ihr Kind besuchen ...«

21

Sprachlosigkeit kam bei Alex Huber selten vor. Es gab nur ein paar wenige Augenblicke in seinem Leben, in denen er einer Situation unbeholfen, machtlos – kurzum sprachlos gegenüber gestanden hatte. Und drei derartige Situationen hatte er ausgerechnet in Urapa erlebt; einmal als er diese geheimnisvolle Stadt entdeckte – das zweite Mal, als er die Käfige, mit den Menschen darin, an der Tempelmauer schweben sah, und zuletzt, als ihn die Göttin von Urapa an sich zog und küsste, wie ihn noch nie eine Frau geküsst hatte.

Jetzt war es wieder so: Er starrte die fremde, schöne Frau mit dem altspanischen Gesicht entgeistert an und hinderte sie nicht daran, sich tiefer über den Jungen zu beugen und ihn auf die geschlossenen Augen zu küssen. Erst als sie sich aufrichtete und auf den Hocker setzte, von dem Huber aufgesprungen war, fand er seine Sprache wieder.

»Irren Sie sich auch nicht?«, fragte er. Eine saudumme Frage! Er ärgerte sich maßlos darüber. Er ging auf die Frau zu. Ihr langes gelocktes Haar schimmerte in dem gedämpften Licht wie dunkles, poliertes Mahagoni. Eine satte, herrliche Farbe. Von oben konnte er in den Ausschnitt ihres Kleides blicken und sah – ob er es wollte oder nicht – die Ansätze ihrer Brüste. Sie trug sie entblößt, ohne einengenden Halter, und sie konnte es sich leisten.

»Das ist Sikinophis«, sagte er, und das war ebenso dumm wie seine Frage. Er musste seine Hilflosigkeit hinnehmen, denn der Anblick dieser Frau hatte ihn wahrhaftig gelähmt.

»Ich weiß«, sagte sie dunkel.

»Der Sohn der Sonne …«

»Ich bin die Sonne.«

Eine Verrückte, dachte er enttäuscht. Das durfte nicht kommen. Eine Frau wie einem Gemälde entstiegen … und dann geisteskrank? Wo kam sie her? Wieso lief sie frei herum? Im Krankenhaus, im abgesperrten Teil? Hatte Dombono die Wachen zurückgezogen?

Ein hässlicher Verdacht stieg in ihm auf. War diese Frau die erste Waffe Dombonos? Eine Verrückte, die mordet … wer kann sie dafür verantwortlich machen?

Mit aller Kraft griff er zu, riss die Frau vom Hocker, weg vom Bett. Er schleuderte sie gegen die Wand. Sie wehrte sich nicht, hielt sich an dem nahen Tisch fest und lehnte sich dann an die Mauer. Ihr langes Haar, über ihr Gesicht fallend wie ein Vorhang, verbarg ihre Augen. Aber ihr Mund lächelte.

Huber spürte ein seltsames Frösteln. Allein mit einer Wahnsinnigen – das ist auch für einen Arzt keine unkritische Situation. Es gibt nur zwei Dinge: Sie mit Reden aufzuhalten – falls sie durch Worte überhaupt zugänglich ist – oder sie zu überwältigen und unschädlich zu machen. Eine Injektion genügt, aber um sie zu geben, muss man sie erst aller Gegenwehr beraubt haben.

Äther, dachte Huber plötzlich. Verdammt, ich habe den Äther noch im OP. Aber das Chloroform ist in der Tasche. Das gute alte verdammte, aus der modernen Medizin verbannte Chloroform! Ich habe es eigentlich nur mitgebracht, um im Notfall kleine Rauschnarkosen zu geben. Die Schwarzen haben da ein stärkeres Herz als wir Weißen. Ich muss an das Chloroform herankommen. Und bis dahin … reden … reden … reden …

Er schob sich vom Bett weg und hinüber zur anderen Seite des Tisches, wo seine Arzttasche stand. »Ihrem Kind geht es gut«, sagte er im beschwörenden Ton, mit jener ruhigen, eindringlichen Stimme, wie man in der Psychiatrie

Geisteskranke besänftigt. »Ihm geht es sehr gut. Er schläft jetzt. Sie müssen es schlafen lassen. Schlaf ist gut. Sie sollten auch schlafen ... hören Sie ... schlafen! Ganz fest schlafen ... Ruhe, wundervolle Ruhe ... ganz ruhigbleiben ...«

Meine Tasche, dachte er dabei. Noch vier Schritte. Dann wird es wieder kritisch. Ich muss sie betäuben, ohne mich selbst auf den Boden zu legen. Chloroform, an die Luft gekommen, ist ein Teufelszeug!

»Sie brauchen sich nicht zu Ihrer Tasche zu schleichen« sagte die fremde Frau. »Ich bin nicht verrückt.«

Sie sagte es fast heiter, und ihre Lippen – das einzige, was er zwischen den ins Gesicht hängenden Haaren sah – diese Lippen lachten!

»Natürlich sind Sie nicht verrückt.« Alex Huber machte den nächsten großen Schritt in Richtung Tisch. »Wer das behauptet, ist selbst verrückt! Sie sind ganz gesund.«

Die Frau stieß sich von der Wand ab. Mit einem Ruck schleuderte sie die Haare aus dem Gesicht. Huber spannte jeden Muskel. Er war bereit, diese Frau mit rücksichtsloser Gewalt von Sikinophis fern zu halten. Ich werde sie niederschlagen müssen, um ihr eine Injektion geben zu können, dachte er. Mir bleibt nichts anderes übrig. Ein richtiger K.o.-Schlag. Denk nicht daran, dass sie eine Frau ist ... sie ist eine Gefahr für den Jungen! Nur daran musst du denken.

Sie standen sich gegenüber, kaum einen Schritt voneinander entfernt, und musterten sich. Wie kann eine Irre so klare, schöne Augen haben, dachte er. Ein so reines klassisches Gesicht? Nicht die geringsten Anzeichen des Wahnsinns im Blick oder in den Bewegungen.

»Warum stößt du mich immer weg?«, sagte sie plötzlich. Ihre Samtstimme hatte einen Unterton der Huber traf wie ein Feuerstrahl. »Ich will doch nur einmal ein Mensch sein, einmal wieder ein richtiger Mensch. Ich habe doch auch ein Recht darauf ...«

Das war das fünfte Mal, dass Huber in Urapa sprachlos wurde. Er stand wie angewurzelt und rührte sich auch nicht, als sie zu ihm trat, sein Gesicht umfasste und ihn küsste. Und an diesem Kuss erkannte er sie endgültig wieder. Er kannte dieses Feuer, das die Berührung mit ihr in ihm entfachte. »Göttin …« sagte er tonlos, als sie seine Lippen endlich freigab. Ihm war, als stünde sein ganzer Mund in Flammen.

»Du hast schon einmal Madame zu mir gesagt.« Sie schob ihr Haar wieder nach hinten über die Schultern. Bei dieser Bewegung spannten sich ihre Brüste unter dem einfachen, dünnen Kleid: ein Bild leibhaftiger, irdischer Sehnsucht. »Sikinika klingt noch besser. Wieso bin ich eine Göttin? Sieh mich an! Was ist göttlich an mir?«

»Alles!«, sagte Huber mit trockener Kehle. »Alles!«

»Kein Gold, kein Diamantenstaub! Ich bin ein Mensch … fass mich an!«

Sie bewegte sich anmutig vor ihm, breitete die Arme aus und schien zu schweben. »Sie hat gesagt, ich sei nur eine starre Maske! Nur eine Statue! Ich hätte Runzeln unter dem Gold! Das hat sie gesagt! Hast du das auch gedacht? Sieh mich an … ich sag dir: Sieh mich an!« Sie löste einen Knopf an der Seite, das Kleid fiel zu Boden. Sie stand nackt vor ihm, und es war der schönste Frauenkörper, den er je gesehen hatte. Vollendet wie dieser Kopf, fast unwirklich in den zu einer vollkommenen Einheit zusammenfließenden Formen.

»Fass mich an!«, rief sie plötzlich. Ihre Züge verzerrten sich unter diesem Aufschrei. »Ich will wissen, dass ich ein Mensch bin! Sag mir, dass ich eine Frau bin … zeig es mir … Ich will einmal keine Göttin sein! Ich will, ich will nicht!«

Sie warf sich in seine Arme, er musste sie umfassen, damit sie nicht hinstürzte. Ihre Brüste drängten in seine Hände, ihr Schoß drückte sich an ihn, mit den Beinen umklammerte sie ihn, und als er sie küsste – in die Halsbeuge erst, dann zwischen die Brüste – da stöhnte sie auf. Sie krallte sich in seinen Haaren fest, biss ihn in den Nacken und in die Schulter, und plötzlich begann sie zu weinen.

Ihre Wildheit erschlaffte. Sie ließ sich von ihm zum Hocker führen. Sie setzte sich gehorsam, und dann fiel sie nach vorn und weinte in die Decke, unter der Sikinophis in tiefem Schlafe lag.

Wenn jetzt Veronika kommt, dachte er, gibt es einen Doppelmord. Sie werden sich gegenseitig zerfleischen. Er bückte sich, nahm das Kleid vom Boden und hängte es Sikinika um die zuckende Schulter. Dann setzte er sich vorsichtig auf die Bettkante. In seinem Nacken und in seiner Schulter brannten ihre Bisswunden. »Sikinika«, sagte er leise und berührte ihre Schulter. Sie warf sich zurück und kreuzte die Arme über den Brüsten, als schäme sie sich plötzlich.

»Ich will kein Mitleid!«

»Das wäre auch das Letzte, was ich jetzt empfinden könnte«, sagte er ehrlich.

»Hast du Angst?«

»Vielleicht.« Er beugte sich vor und strich ihr das Haar aus dem Gesicht. Ihre sonst so kalten, harten Augen waren sanft wie ihre veränderte Stimme.

»Vor ihr?« Sie drehte ihren Kopf zur Tür. »Sie schläft. In ihrem Tee war ein Mittel. Sie wird schlafen bis in den späten Morgen. Wir haben viel Zeit ...«

Das ist immerhin beruhigend, dachte er. Der Vernichtungskampf der Frauen findet nicht statt. Noch nicht ... Aber wir werden noch einige Wochen hier bleiben müssen, bis Sikinophis wieder die ersten Schritte macht. Einmal musste es zur Katastrophe kommen.

»Es wäre eine grausame Liebe, Sikinika«, sagte er.

Sie schüttelte den Kopf wie ein trotziges Kind. »Nicht für mich! Ich will spüren, dass ich lebe …«

»Und dann? Später? Du weißt, ich kann nicht hier bleiben. Ich eigne mich nicht zum Nebengott, auch wenn es mich reizen würde, Dombono unschädlich zu machen. Ich gehöre zu einer anderen Welt.«

»Später?« Ihr herrliches Gesicht glänzte, ihre Augen waren wie entrückt. »Später werde ich ein Kind von dir haben …«

»Und alles beginnt wieder von vorn! Bisher bist du eine Frau gewesen, die mächtig war durch ihren Verstand und durch rätselhafte magische Kräfte. Aber jetzt …«

»… jetzt bin ich *nur* eine Frau. Gibt es etwas Schöneres, Liebster …?«

Sie lehnte den Kopf an seine Brust und legte seine Hände über ihre nackten Brüste. Die Wärme ihres Körpers durchflutete ihn, und er gestand sich, dass es ein wundervolles Gefühl war, dem er im Grunde gar nicht entfliehen wollte. Mein Gott, wir verlieren wirklich den Verstand, sagte er zu sich. Wie lange hält das noch an? Wie lange wehre ich mich noch?

Es waren Worte – so schwach wie ein Flüstern hinter einer Wand aus Watte. Sie hatten keine Kraft mehr, ihn zurückzuhalten. Er spürte es deutlich und drückte sein Gesicht in ihr weiches Haar.

»Wir beschwören eine Katastrophe herauf«, sagte er, aber er konnte sich damit selbst nicht mehr überzeugen.

»Ist das diese Liebe nicht wert?«, fragte sie leise. Die Zärtlichkeit ihrer Hände machte ihn willenlos.

»Du würdest zum zweiten Mal die uralten Traditionen deines Volkes verraten!

»Zum ersten Mal, Liebster.«

»Und Sikinophis?«

»Das war etwas anderes.«

»Er hatte doch einen Vater …

»Er hieß René Harthricourt. In Nizza geboren.«

»Du hast ihn auch geliebt.«

»Nein! Ich habe ihn köpfen lassen!« Sie sagte das ganz ruhig, ohne eine Spur von Hass in der Stimme. »Sein Kopf stak ein Jahr auf der Tempelspitze, bis irgendein großer Vogel ihn wegholte.«

Er atmete tief, und als er seine Hände von ihren Brüsten wegziehen wollte, hielt sie ihn fest. »Siehst du«, sagte er. »Für so eine Zierde eigne ich mich nicht.«

»Du bist nicht René Harthricourt. Ich habe nie so bei ihm gesessen wie hier bei dir. Er hat mich nie nackt gesehen. Er hat mich nur ein einziges Mal berührt …«

»Aber das genügte.«

»Darum wurde er geköpft.« Sie küsste seine Arme, nahm dann seine Hände und drückte sie hinunter in ihren Schoß. Die Wärme zwischen ihren Schenkeln betäubte ihn fast.

»René Harthricourt kam nach Urapa, weil er einem Schmetterling nachjagte«, sagte sie. »Ist das nicht verrückt? Er sammelte Schmetterlinge, und der, den er verfolgte, war so groß wie eine Hand und rot wie Blut.« Sie dehnte sich küsste seine Brust und presste ihre Schenkel zusammen. Seine Hände lagen da, wie in einem heißen Tal. »Willst du mehr wissen, mein Liebling?«

»Ja …«

Und die Göttin von Urapa begann zu erzählen …

22

Vor sechzehn Jahren war der Biologe und Schmetterlingssammler René Harthricourt nach Uganda gekommen: ein Mann Mitte der Dreißig, groß, blondhaarig, nicht eigentlich der Typ eines Südfranzosen, aber er besaß Charme, der ihn in Gesellschaft zum bevorzugten Konversationsobjekt der Damen werden ließ. Er war das gewöhnt. Auch bewältigte er die üblichen Liebschaften ohne peinliche Skandale; er rettete sich immer rechtzeitig vor einem Ehering, und zudem konnte er – Sohn einer französischen Sektkellerei – sich's leisten, als Privatgelehrter seinen unbedeutenden biologischen Forschungen und seinen Schmetterlingen nachzugehen.

Ein beiläufiger, von kaum einem Leser beachteter Hinweis in einem Reisebericht aus Uganda – speziell auf das Rowenzori-Gebirge bezogen –, dass es dort eine seltene Art von Riesenschmetterlingen gäbe, war Anlass genug, René Harthricourt auf den Weg nach Ostafrika zu bringen. Er war nicht ungeübt im Reisen. Er hatte bereits Schmetterlinge in Indonesien, Ceylon und Brasilien gejagt. Er kannte fast alle Arten der schillernden Tierchen in Bolivien, Paraguay und Nicaragua, und seine Raritäten aus Burma und Nepal waren unter Sammlern berühmt. Solange der Sekt aus den elterlichen Flaschen floss, war René Harthricourt Weltenbummler aus Passion.

In Uganda durchstreifte er sechs Wochen das Land des alten Königreichs TORO, ohne den großen Schmetterling entdeckt zu haben. In die Mondberge stieg er ein paar Mal hinein, immer mit eingeborenen Führern, aber da es die typischen Touristenstrecken waren, gab René diese Exkursionen bald auf. Wo europäische Touristen an Lagerfeuern Rheinlieder sangen, war er sicher, den geheimnisvollen Schmetterling nicht zu finden.

Er mietete sich einen Jeep, packte Verpflegung für sechs Wochen ein und fuhr trotz aller Warnungen von Polizei- und Regierungsstellen los.

Ich bin ein total unpolitischer Mensch!«, sagte Harthricourt. »Ich habe unter Kopfjägern gelebt, da werde ich doch noch im friedlichen Uganda einen Schmetterling jagen können.«

Er fuhr also an einem Montag von der Bergstation Kilembe ab ... hier hörte die offizielle Straße auf, was dann kam war nur ein Geröllweg, der um Urwald und in den Felsen endete. Seit dem Tag hatte man nie wieder etwas von René Harthricourt gehört. Er und sein Jeep blieben verschwunden, und nach zwei Monaten wurde die Suche aufgegeben.

Vermisst. Auch heute noch ist Afrika voller Geheimnisse ...

René sah seinen handtellergroßen Schmetterling mit den tiefroten haarigen Flügeln irgendwo in den Mondbergen. Wo er sich befand, war ihm egal, einen Weg zurück gab es immer. Man brauchte nur abwärts zu gehen, dann erreichte man automatisch die Savanne. Aber Harthricourt marschierte aufwärts, seinem herrlichen Schmetterling nach. Er ließ den unbrauchbar gewordenen Jeep stehen und fluchte über das »schöne Biest«, das ihn zu narren schien und mit ihm spielte. Es flatterte vor ihm her, immer so weit, dass er es nicht mit seinem Netz fangen konnte, aber auch immer so nahe, dass er es ständig sah. »Ein völliges Fehlverhalten!«, sagte René begeistert. »Ein Biest ohne Heimatinstinkt. Na warte, ich kriege dich doch!«

An einem Nachmittag – er erholte sich gerade und kochte auf einem Spirituskocher eine Tasse Kaffee, der rote Schmetterling saß zehn Schritte von ihm entfernt auf einem Ast – traten plötzlich drei in schwarze Schuppen-Uniformen gekleidete Männer hinter den Felsen hervor. Harthricourt schaltete schnell, schnellte sich zur Seite und lief davon. Er lief weiter in die Berge hinein, in der logischen Annahme, dass die in deutlich feindseliger Absicht sich nähernden Männer aus dem Wald unter ihm kommen mussten – und, wie sechzehn Jahre später Doktor Alex Huber, erreichte auch er die in dieser Einsamkeit völlig verrückte, ausgebaute Straße, rannte und rannte, bis er endlich vor Urapa stand, der Stadt im Felsenkessel, dem geheimnisvollen, unbekannten Reich, das ein König vor Jahrtausenden gegründet hatte.

Harthricourt war so überwältigt, dass er sich schlichtweg von den auf ihn losstürmenden Soldaten gefangen nehmen ließ. Er hatte einen seltenen Schmetterling fangen wollen und hatte dabei ein Stein gewordenes und zugleich quicklebendiges Märchen entdeckt.

Damals hatte Sikinika nach urapischer Zeitrechnung siebzehn Winter alt gezählt, ein Mädchen, das in dieser Stadt der Wunder das größte Wunder war. Ihr Vater, Sikirahmis, war seit neun Monaten tot; ihre Mutter, die sie nie gekannt hatte, über die niemand in Urapa sprach und von der auch Dombono, damals schon oberster Priester, schwieg, war nur eine Erinnerung in einer Tempelnische, wo man sie eingemauert hatte. Sikinika hatte den Thron bestiegen, war zur Göttin erkoren, lebte unter ihrem Goldpuder und dem Diamantstaub auf ihrem Gesicht, wurde von Dombono zur Statue erzogen und kannte nichts als ihr Gottdasein.

Da brachte man René Harthricourt. Dombono wollte ihn sofort den Göttern opfern, aber Sikinika war neugierig. Wie sehen die Menschen außerhalb von Urapa aus? Wie sprechen sie? Wie bewegen sie sich? Sind sie schöner oder hässlicher als die Uraper? Ein Mädchen mit siebzehn Jahren besitzt eine ganz natürliche Neugier – auch in der Rolle einer Göttin.

René wurde zu Sikinika gebracht. Und diese erste Begegnung entschied alles.

Man konnte über René Harthricourt noch so lästern und ihm sein Playboy-Leben übel nehmen, ihn einen Nichtstuer nennen oder einen vernickten Hund ... eines beherrschte er blendend: Den Umgang mit Frauen!

Er trat auf Sikinika zu, ergriff ihre starre Hand und küsste sie. Er handelte sich dafür zwar von Dombono und seinen Priestern eine wüste Prügelei ein, aber als er nach zwei Wochen Erholung wieder zu Sikinika geführt wurde, sagte er galant: »Mademoiselle, ich habe gehört, hier kann man sein Herz opfern. Bitte, nehmen Sie das meine hin! Es ist ohnehin gebrochen – beim ersten Blick, den Sie mir geschenkt haben.«

Mit solchen Tönen hatte René bisher jede Frau in sein Bett bekommen. Der Gefahr, in der er in Urapa lebte, war er sich nicht bewusst. Für ihn war diese Märchenstadt der allergrößte Schmetterling seiner Sammlung.

Es muss hinter verschlossenen Türen einen harten Kampf zwischen Sikinika und Dombono gegeben haben. Die Göttin siegte. Dombono ließ Harthricourt eines Tages aus dem verschlossenen Zimmer holen und sagte zu ihm: »Die Göttin befiehlt, dass Sie ihr Ihre Sprache erklären!« Dombono sprach damals ein hartes Englisch. Er hatte es in Kampala gelernt, als Austräger einer Apotheke. Der einzige Mensch der Urapa verlassen durfte, um sich über die andere Welt zu informieren.

René willigte sofort ein. Immer in der Nähe des wunderschönen Mädchens – was gab es Erstrebenswerteres? Er zog in den Palast um, bekam eines der goldenen Zimmer und begann, sich wohl zu fühlen. Dazu trug auch bei, dass ihm Dombono auf Befehl Sikinikas den großen roten Schmetterling brachte. Fachgerecht präpariert, mit ausgespannten Flügeln … ein Prachtexemplar, das einzige dieser Art auf der Welt. Das wusste René jetzt.

Die Unterrichtsstunden in Französisch waren qualvoll für einen Mann, der Schönheit bewundern will und keinerlei pädagogische Fähigkeiten besitzt, mit Ausnahme des Talentes, Frauen zu betören, was ja eher ins Psychologische schlägt.

Doch Sikinika lernte fleißig und mit der Energie, die man von einer Göttin erwarten darf. Nach drei Monaten sprach sie holprig mit René, nach fünf Monaten konnten sie Konversation treiben. Von dem ersten Satz »C'est une table« bis zum Begreifen von Renés Komplimenten war ein weiter Weg. Aber sie hatte ihn in erstaunlicher Schnelle bewältigt.

Und dann beging Harthricourt seinen großen Fehler.

Er war mit Sikinika allein, hockte wie immer vor ihr auf einem goldenen Stuhl. Sie ruhte auf einer Art Diwan, und er bewunderte ihren Körper, der unter den Schleiern, gleichsam in aller Unschuld, lockte. Ein halbes Jahr hatte René keine Frau gehabt, ein Zustand, den er früher nur als Vergreisung bezeichnet hätte. Nun lag da vor ihm ein Mädchenkörper, so herrlich, wie – erinnerte er sich recht – keine andere Frau in seinem Leben gewesen war.

Harthricourt wurde unruhig. »Sie zu lieben, muss ein neues Paradies sein, Mademoiselle …« sagte er mit jenem Tremolo in der Stimme, das bei manchen Frauen gewisse Schwingungen auslöst. Sikinika war dagegen immun. Sie sah René nur aus ihren großen, mit Diamantenstaub umränderten Augen an.

»Was ist Liebe?«, fragte sie.

»O Mädchen!«, stöhnte Harthricourt. »Man sollte es dir

nicht erklären müssen, man sollte es dir zeigen. Liebe, das ist als … als wenn das Herz … in Honig kocht.«

Das war ein Gleichnis aus Renés reichhaltigem Charme-Repertoire.

Was dann geschah, hätte man vielleicht in St. Tropez die Eroberung einer Jungfrau genannt und geklatscht – für Sikinika war es ein Schock.

Harthricourt, in völliger Verkennung seiner Lage, stürzte sich auf das Mädchen, küsste es mit geübtem Zungenschlag, befreite es mit flinken Fingern von dem dämlichen Schleierzeug, und als der hellhäutige, in seiner Harmonie unbeschreibliche Körper nackt vor ihm lag, verlor er allen Verstand, übersäte den in stummer Abwehr erstarrten Leib mit Küssen, warf sich über ihn und nahm Besitz von ihm.

»Ich habe ihn nicht eine Sekunde geliebt«, sagte Sikinika. »Ich war gelähmt von Entsetzen, halb tot von den Schmerzen, erfüllt von Ekel. Ich wusste nicht, was er mit mir tat, ich empfand nur Schmerzen, und ich riss verzweifelt an seinen blonden Haaren. Er dachte, dies sei Leidenschaft …«

Noch in der gleichen Stunde, in der Harthricourt glücklich und zufrieden neben Sikinika auf dem Diwan lag, holten Priester ihn ab. Nackt wie er war, führte man ihn zur obersten Weihestätte, warf ihn über den Opferstein. Und da erst begriff René, was mit ihm geschah. Er brüllte, schlug um sich, machte in der Todesangst unter sich und erlebte bei vollem Bewusstsein, wie man ihm die Brust aufschnitt. Erst dann erlöste ihn der Tod.

Sein Herz wurde verbrannt. Sein Kopf thronte auf der Tempelspitze … und dort, wo einmal seine Augen waren – man hatte sie ausgestochen –, klebte sein großer roter Schmetterling.

Neun Monate später kam Sikinophis zur Welt, hellhäutig wie sein Vater, mit blonden Haaren und blauen Augen.

Um einmal dem Volk diesen neuen Gott mit dem fremden Aussehen erklären zu können, erfand Dombono den Namen »Sohn der Sonne«. Von ihm stammt die Sage, dass Sikinika vom Sonnengott selbst geliebt worden war.

»So war es«, sagte Sikinika. Sie zog das Kleid, das Huber um ihren nackten Körper gelegt hatte, näher an sich. »Und jetzt bist du gekommen. Zum ersten Mal spüre ich, dass ich eine Frau bin. Und wieder ist es etwas Blondes, das mich in die Verzweiflung zurücktreibt ...«

»Veronika ...« sagte Alex leise.

»Ich hasse sie!«

»Und ich liebe sie.« Er hob ratlos die Schultern. »Was soll daraus nun werden?«

»Sie schläft ...«

Huber schüttelte den Kopf. »Sikinika, machen wir uns nichts vor. Es ist nicht die kurze Zeit, die uns beiden ganz allein gehören wird. Wir würden aneinander verbrennen!«

»Das wäre ein Tod, einer Königin würdig.«

»Ich käme von dir nicht mehr los, das weiß ich.«

»Willst du denn loskommen?«

»Sikinika!« Er beugte sich vor und streichelte ihr langes Haar. Ihre bebende Mädchenhaftigkeit rührte ihn. »Willst du Urapa vernichten?«

»Ich werde Dombono töten lassen und dich zum Oberpriester machen!«, sagte sie ruhig. »Du wirst unsere Sprache lernen, und wir werden glücklich sein. Das glücklichste Liebespaar im Sternenall.«

Sie ergriff wieder seine Hände, zog sie zu sich und legte sie wieder in ihren warmen Schoß. Mit geschlossenen Augen saß sie da und atmete schwer. »Ich liebe dich«, sagte sie kaum hörbar. »Ich liebe dich ... ich liebe dich ...«

Alex saß bewegungslos vor ihr und schwieg. Jetzt nichts sagen, dachte er. Jetzt wäre ein Wort wie ein Mord. Sie sucht sich jetzt selbst, und sie wird sich wieder finden: Die Göttin von Urapa …

Der Junge bewegte sich im Schlaf. Er zog vorsichtig seine Hände aus Sikinikas Schoß und griff nach dem Stethoskop. Sie zuckte zusammen. Sie schien aus einer Art Trance zu erwachen und starrte ihn an.

»Was ist?«

»Er wird unruhig. Vielleicht muss ich noch eine Kreislaufinjektion geben. Er hat viel Blut verloren …«

Er beugte sich über Sikinophis und hörte sein Herz ab. Als er sich wieder aufrichtete, stand Sikinika hinter ihm, angezogen, die Haare zurückgeworfen über die Schulter. Ihre Augen hatten wieder den klaren, nüchternen Blick, den er kannte.

Sie ist wieder da, dachte er glücklich. Gott sei Dank! Ihre Seele ist zurückgekrochen in den goldenen Panzer. Und plötzlich empfand er ein unendliches Mitleid für sie.

»Pass gut auf ihn auf!«, sagte sie. Ihre warme Stimme war geblieben. Die Kälte kam erst mit dem Göttergewand über sie. »Er hat noch viel für sein Volk zu tun. Er ist die Sonne der Sonne …«

23

Es war das letzte Mal, dass Alex Huber mit Sikinika gesprochen hatte. Er sah sie nicht wieder, sie kam nicht mehr in das Krankenzimmer ihres Sohnes, sie äußerte keine Wünsche, hatte keine Fragen. Die einzige Verbindung zwischen ihnen war Dombono, der finster herumging und die Genesung des Jungen fast wie eine Beleidigung ansah.

Er ahnte, dass seine große Zeit als heimlicher Herrscher über Urapa vorbei war. Der Wille der Götter, die Sikinophis hatten unheilbar krank werden lassen, damit ein blonder blauäugiger, von einem Fremden gezeugter Mann nicht einmal das Gottkönigtum übernahm – so erklärte es Dombono seinen Priestern –, dieser Wille war von einem weißen Arzt zerstört worden.

Auch die Königin hatte sich verändert … Dombono spürte es bald. Sie war nicht mehr nur Repräsentant einer Religion … sie war nun auch zu einer aktiven Herrscherin geworden.

»Ich werde hinaus aus meinem Palast gehen!«, sagte sie einmal. »Ich werde unter mein Volk gehen! Es soll mich nicht nur achten und fürchten, sondern über alles lieben!«

Und Dombono hatte sich schweigend verneigt und die neue Linie der Regierung zur Kenntnis genommen.

»Wie lange noch … Doktor Huber«, sagte er eines Tages. »Wann wird der Sohn der Sonne gehen können?«

»In zwei Wochen versuchen wir die ersten Belastungen.« Huber blickte über die Stadt. Er stand mit Dombono auf einer Terrasse im Tempelbereich. Unter ihnen wimmelten in den Straßen die Menschen und Wagen. Auf den Terrassenfeldern arbeiteten die Bauern. Der Bau des neuen Tempeltrakts ging gut voran trotz der Qual, jeden der dicken Felssteine mit Menschenkraft zu bewegen. »Sie wollen uns loswerden, nicht wahr?«

»Sie werden die einzigen Fremden sein, die lebend dieses Land verlassen haben.«

»Das haben Sie schon mehrmals gesagt.« Er stützte sich auf die Balustrade. Er konnte von hier aus die Stelle sehen, wo einmal die Käfige gehangen hatten. Was war in der Zwischenzeit alles geschehen! Urapa würde nie mehr so sein wie früher ... auch wenn er später an Sikinika wie an einen fantastischen Traum denken würde – die Wochen seines Wirkens konnten nie mehr ausgelöscht werden. So kann man Jahrtausende verändern, dachte er. Ein einziger Mann. Sikinika würde ihn nicht vergessen, und Sikinophis wird ein aufgeklärter König sein, der jedes Mal, wenn er seine Narbe am Oberschenkel sieht, sich an die Worte seines ärztlichen Freundes erinnert.

»Woran denken Sie jetzt?«, fragte Dombono. »Ich weiß, Sie misstrauen mir.«

»Um ehrlich zu sein ... sehr!«

»Sie irren. Ich habe Sikinika erzogen, ich habe das Kind erzogen, ich zerstöre doch nicht meine eigenen Werke.«

»Aber Ihre Werke beginnen, ein Eigenleben zu führen, und das zerstört Sie, Dombono!«

»Es geht nur um den Staat! Um das Testament der Könige! Sie ahnen gar nicht, was Sie angerichtet haben!«

»Vielleicht doch, Dombono. Darum bemühe auch ich mich, so schnell wie möglich das Medizinische zum Abschluss zu bringen, um nicht noch mehr an Ihrem fantastischen Urapa zu zerstören. Der Junge liebt mich.«

»Nicht der Junge ...«

»Wir wollen nicht darüber reden, Dombono ...«

»Doch. Jetzt und zum letzten Mal.« Es war das erste Mal, dass Dombonos Stimme etwas herzlicher klang. »Ihre

Operationskunst habe ich nicht bewundert, Doktor … aber ich bewundere Ihre Stärke, die Sie in einer entscheidenden Stunde bewiesen haben.«

»Auch das ist keine Kunst, wenn man eine Frau wirklich liebt.«

»Vielleicht. Ich kann es nicht beurteilen. Aber in dieser Stunde hatte ich beschlossen, Ihnen das Leben zu schenken. Wissen Sie das?«

»Ja.« Huber wandte sich ab. Veronika war allein mit dem Jungen. Trotz aller Stille im Palast hatte er noch immer Angst, wenn er nicht in ihrer Nähe war. »Der Hass der Frauen – ist er vielleicht das einzig Unsterbliche im Menschen? Haben Sie keine Angst, Dombono, dass wir nach unserer Rückkehr in unsere Welt Militär in Bewegung setzen und Urapa erobern lassen?«

»Nein!« Dombono schüttelte langsam den Kopf. »Sie werden niemals Sikinika verraten.«

»Und die anderen? Vor allem der labile Heimbach?«

»Auch sie nicht.«

»Dombono, Sie haben wieder einen Trick vor!« Huber blieb stehen. »Ich wiederhole: Wir werden so unbeschädigt, wie wir nach Urapa entführt wurden, auch wieder entlassen werden! Das ist ein Ehrenwort.«

»Es wird in vollem Umfang gehalten.« Dombono hielt ihm die Tür auf. Sie betraten wieder das Krankenhaus.

»Sie haben es auch getan.«

»Was sagt die Königin?«

»Nichts.«

»Gar nichts?«

»Sie erwähnt Ihren Namen nicht.«

»Und wenn Sie von den Fortschritten des Jungen berichten?«

»Dann spreche ich vom Sohn der Sonne … Sie werden nicht mehr genannt, Herr Doktor Huber.«

Auch der Kontakt zu Dr. Stricker und den anderen Gefährten wurde wieder aufgenommen; Dr. Huber teilte ihnen mit: »Wir haben es überstanden!« Sie erhielten innerhalb des großen Palastkomplexes eine Wohnung, von der Türen in einen kleinen, von hohen Mauern umgebenen Garten führten. Hier waren Steinbänke, man konnte sich in die Sonne setzen, zwei schweigsame Diener betreuten sie. Man sah keinen Soldaten mehr. Ihre Freiheit allerdings beschränkte sich auf die Wohnung und den abgeschiedenen Garten ... die Türen zum Gang waren abgeschlossen.

Hier besuchte Huber ein paar Mal die »Gäste«, wie Dombono sie jetzt immer ironisch nannte. Albert Heimbach hatte sich längst beruhigt, aß mit gutem Appetit und nahm sogar zu; Peter Löhres erzählte schon wieder kölsche Witze und meinte, für sein Geld bekäme man wirklich allerhand geboten, er würde sein Reisebüro weiterempfehlen ... Bret Philipps hatte seine Pfeife und seinen Tabakvorrat ausgehändigt bekommen und schmauchte wortkarg vor sich hin. Was ihm fehlte, war sein Whisky.

»Ich habe mal etwas gelesen über Festungshaft«, sagte Stricker zu seinem Kollegen. »So ähnlich wie hier musste das gewesen sein. Hinter Mauern und doch frei. Was macht der Patient?«

»Ein Musterknabe!« Huber lachte. »Ich freue mich jedes Mal über die Heilfreudigkeit der Jugend.«

»Und die Göttin? Mensch, Huber, als Sie sie aus dem OP warfen, habe ich fest damit gerechnet, dass wir Opfertiere werden! Das war schon mehr als verrückt!«

»Es war schon richtig.« Huber wechselte das Thema. Sie spricht nicht mehr von mir, mein Name wird nie mehr genannt, dachte er. Die Liebe dieser Frau ist wirklich so einmalig wie ihr Land. Was wäre passiert, wenn es keine Veronika gegeben hätte? Er wagte nicht, daran zu denken.

Veronika hatte er nichts von der nächtlichen letzten Begegnung mit Sikinika erzählt. Es war ein Geheimnis, das ihm allein gehörte und das ein Mann haben darf. Schließlich hatte er sich in dieser Nacht selbst besiegt.

Veronika fragte auch nicht mehr. Ein paar Mal sah sie ihn schweigend an, als erwarte sie von ihm Erklärungen, aber er tat so, als verstehe er ihren Blick nicht. Da er nun nicht mehr zu Sikinika gerufen wurde, schien diese den Kampf aufgegeben zu haben. Es war ein Verhalten, das Veronika nicht verstand. »Ich hätte nie aufgehört zu kämpfen«, dachte sie. »Nie! Diese Frau kann nicht richtig lieben ...«

Es war gut, sie in diesem Glauben zu lassen.

Sikinophis fühlte sich wohl. Er spielte mit Veronika. Seine Wunde verheilte schnell, das Ziehen der Fäden war fast ein Vergnügen. Nach einer Woche wurde er mit seinem Bett in die Sonne gerollt, zu seinem Vater – wie Dombono immer sagte –, vor allem in Gegenwart Hubers, um ihm zu bedeuten, dass er die Beichte der Königin vergessen solle.

Und hier, in einem schönen Garten mit riesigen Blumen, erzählte der Junge, wie er einmal über Urapa regieren wolle. Fremde Wissenschaftler sollten ins Land kommen, alles solle anders werden. Urapa müsse aus dem Talkessel heraus.

»Ich würde es nicht tun, Sikinophis«, sagte Huber. »Dein Volk, dein Land würden vernichtet werden, und eure ganze herrliche Stadt wird zu einer Touristenattraktion werden wie Disney-Land. Du weißt nicht, was Disney-Land ist, es ist auch nicht nötig. Du musst nur eins wissen: Es gibt nichts Schrecklicheres als den Menschen!«

»Das sagst du, wo du täglich Menschen rettest? Warum bist du Arzt geworden?«

»Das ist eine heikle Frage, mein Junge. Warum? Weil es eine schöne Aufgabe ist, Kranken und Hilflosen zu helfen. Aber wenn die Hilflosen dann wieder stark sind, setzen sie die Zerstörung fort. Dankbarkeit ist ein Wort, das sich vielleicht in einem Händedruck ausdrückt, und dann ist es vergessen. Wie oft habe ich das erlebt. Mein Junge …« Huber wurde sehr ernst. »Lass Urapa, wie es ist. Nur eins kannst du ändern: Es gibt keine Götter, die man durch Menschenopfer versöhnen oder beeinflussen kann! Schaff diese sinnlosen Opfer ab … dann wirst du über das glücklichste Volk der Erde regieren.«

Dann kam der Tag, da der weiße Arzt durch Dombono der Göttin sagen ließ, dass er das Bein des Jungen belasten wolle. Es war ein schöner, sonniger Tag, und wie bei der Operation begannen über Urapa die Gongs zu dröhnen. Das Volk war unterrichtet und wartete auf den Straßen in den Gärten, auf den Feldern, auf den Dächern. Es starrte hinauf zum Allerheiligsten, der Spitze der Pyramide. Stieg dort eine weiße Rauchfahne in den Himmel, war der Sohn der Sonne gerettet.

Huber und Veronika stützten Sikinophis. Er saß auf der Bettkante, seine Beine baumelten herab. Nach den Wochen des Frohsinns und der Hoffnung war die Minute der neuen Angst gekommen. Die Augen des Jungen suchten Hilfe bei seinem Retter. Sein schöner Mund zitterte.

»Kann ich wieder laufen?«

»Denk daran, was ich dir gesagt habe. Du wirst das Gefühl haben, als stündest du auf Säulen aus pappigem Reis. Und denk daran: Draußen vor der Tür wartet Dombono. Wenn du die Tür aufmachst und kommst ihm entgegen, ist das mehr als ein Sieg!«

Huber nickte Veronika zu. Sie schoben den Jungen auf die Füße und hielten ihn unter den Achseln fest. Sikinophis hing in ihren Armen … er wagte es nicht, aufzutreten …

Jetzt ein Röntgengerät, dachte Huber. Wie einfach wäre das alles! Dann könnte man mit einem Blick sehen, wie sich der Knochen entwickelt hat. So kann man nur glauben … hoffen …

»Stell dich hin!«, sagte er laut. »Nur Mut, mein Freund! Mut! Du willst doch ein mutiger König werden! Man kapituliert nicht vor dem eigenen Bein ...«

Sikinophis nickte. Sein Körper straffte sich. Er stand. Aber seine Beine zitterten bis zu den Hüften.

»Bravo!«, sagte Huber und warf Veronika einen beruhigenden Blick zu. »Das Zittern hört gleich auf. Denk daran, mein Junge: Draußen vor der Tür steht Dombono! Welch ein Triumph für ihn, wenn du jetzt schlapp machst! Und jetzt – los!«

Der Junge bewegte die Beine. Er machte einen Schritt und blieb stehen. Huber gab Veronika mit den Augen ein Zeichen, sie ließ Sikinophis los. Nur Huber hielt ihn noch fest.

»Mit einem Schritt kommt kein König weiter«, sagte er energisch. »Geh! Es kann überhaupt nichts passieren ...«

Er nahm seine Hände weg, und dann geschah das, was selbst Huber den kalten Schweiß auf die Stirn trieb: Der Junge ging mit staksigen Beinen weiter, Schritt für Schritt. Er erreichte die Tür, klinkte sie auf und stieß sie zurück. Im Flur stand in seinem goldenen Festgewand Dombono und starrte ihn an.

»Ich gehe!«, sagte Sikinophis. »Siehst du ... ich gehe! Ich habe keine Schmerzen mehr! Ich habe keine Schmerzen mehr!« Und dann schrie er auf und brüllte Dombono an, indem er an ihm vorbei durch den langen Flur ging. »Ich kann gehen! Ich kann gehen! Ich habe meine Beine wieder!« Er breitete die Arme aus, stellte sich in die Sonne, die durch die Fenster flutete, und sein blondes Haar leuchtete auf wie ein Strahlenkranz.

Der Sohn der Sonne.

Draußen erklangen dumpfe Gongschläge. Von der Spitze der Pyramide, vom Allerheiligsten, stieg eine dünne weiße Rauchsäule auf. Und die ganze Stadt Urapa ertönte in einem einzigen Jubelschrei.

An diesem Abend wurde den »Gästen« ein wahrhaft festliches Essen vorgesetzt. Zum ersten Mal saßen sie alle zusammen an einer langen Tafel. Stricker hatte Huber stumm beide Hände gedrückt, Bret Philipps klopfte ihm mit englischer Lässigkeit auf die Schulter und Albert Heimbach weinte wie ein Kind.

Von Sikinika kam keine Nachricht. Kein Dank, kein Zeichen, nichts. Huber hatte es auch nicht erwartet ... er wusste, wie es jetzt im Herzen dieser Frau aussehen musste, die gezwungen war, die Goldene Göttin zu spielen und darauf zu verzichten, ein Mensch zu sein.

»Wann fahren wir?«, fragte Löhres und trank mit Kennermiene von einem rötlichen Wein. »Ich muss zurück nach Köln! Ohne Chef ist so'n Fuhrunternehmen ein Verlustgeschäft. Die Kerle fahren einem die Wagen zu Schrott!«

Stricker lachte ausgelassen. »Ein Kölner und ein Bayer«, sagte er und tippte dabei Huber gegen die Brust, »haben Archimedes gefehlt! Er hätte dann keinen Hebel gesucht, um die Welt aus den Angeln zu heben ...«

Gegen Ende des Mahles wurden sie alle sehr müde. Es war wie eine Lähmung, die über sie kam. Sie blieben am Tisch sitzen und fielen mit den Köpfen nach vorn auf die Platte.

Der Wein, dachte Huber noch, bevor er besinnungslos wurde. Sie haben den Wein vergiftet. Man hat uns betrogen! Sikinika, warum hast du das getan? War das nötig? Zerstören, was man nicht besitzen kann ... ich habe dich für größer gehalten.

24

Stricker fand langsam wieder zu sich. Er richtete sich auf und schüttelte sich wie ein Hund. Es war kalt, der Sternenhimmel über ihm glitzerte, er begriff gar nicht, wo er war, dann – als seine Gedanken klarer wurden und er sich umblickte – ließ er sich sofort wieder auf den Rücken fallen und kniff die Augen zusammen.

Das ist nicht wahr, dachte er. Paul Stricker schlaf weiter. Du bist ein Idiot! Du bist noch besoffen von dem herrlichen Wein! Aber die Kälte blieb, er hörte in der Ferne Hyänen schreien, und über ihm raschelte ein schwacher Wind in den Zweigen einer großen Schirmakazie.

Mit einem Satz stand er auf den Füßen. Mit beiden Händen wischte er sich übers Gesicht, aber die Vision blieb immer noch: Das Lager in der Savanne. Dort stand der Landrover, die beiden Zelte knarrten im Wind, vor dem Eingang des kleineren knatterte die Leinwand. Dort muss Bret Philipps liegen, dachte Stricker und hielt den Atem an. Philipps mit seinem wahnsinnigen Fieber. Und dort schlafen Veronika und Heimbach und Löhres – im Wagen muss der versoffene Fahrer Toyo Nibubu liegen … wir haben uns ja verirrt, und Philipps muss sofort zu einem Arzt … und der besoffene Toyo ist immer im Kreis gefahren …

So etwas gibt es doch nicht! Was war denn mit den Käfigen an der Tempelmauer? Mit der Göttin? Mit dem Osteom? Mein Gott, Stricker, du wirst wahnsinnig …

Er rannte zu dem kleinen Zelt. Bret Philipps lag tatsächlich darin, aber zufrieden und tief schnarchend. Neben ihm lagen Alex und Veronika … sie hatte ihren Kopf über Hubers Brust geschoben.

»Aufwachen!«, brüllte Stricker. »Um Himmels Willen wacht auf! Sag mir doch einer, dass ich verrückt bin!«

Philipps, Huber und Veronika zuckten hoch. Aus dem anderen Zelt krochen Heimbach und Löhres. Auch sie begriffen nichts mehr. Sie standen etwas schwankend herum und starrten in die Gegend.

»Es ... es hat sich nicht verändert«, stammelte Stricker. »Unsere Zelte, der Wagen ... sogar die Lagerfeuer glimmen noch! Das ist doch Wahnsinn! Philipps, wie fühlen Sie sich?«

»Blendend.« Der Engländer ging zum Landrover. Toyo Nibubu fehlte ... er war das einzige Opfer.

»Kein Fieber?«, schrie Stricker.

»Ich könnte wie ein Walfisch Wasserstrahlen blasen!« Philipps kam vom Landrover zurück. »Doktor, beruhigen Sie sich. Ja, wir sind an der alten Stelle. Und Sie haben keinen langen Traum gehabt ... der Fahrer fehlt, wir sind um Doktor Huber bereichert –, Ihr Jeep steht übrigens hinter dem Baum, Doktor – Toyo ist tot ... wir haben wirklich alles erlebt ... Sie haben uns wieder abgesetzt, genau dort, wo sie uns gefasst haben.«

»Verstehst du das?«, stotterte Veronika. Sie fror. Die Savannennächte können kalt sein. Alex legte beide Arme um sie und zog sie eng an sich. Dann blickte er über ihren Kopf zu den Ruwenzoribergen. Mondlicht lag über dem Massiv, ein geisterhaftes, vielfach gebrochenes Leuchten.

»Ja, ich kann es verstehen«, sagte er leise. »Danke, Sikinika ...«

»Was nun?«, fragte Stricker, als man sich minutenlang in einer Art Freudenrausch ausgetobt hatte. Man hatte sich gegenseitig umarmt und geküsst, war um die Feuer getanzt und begriff doch nicht vollständig, dass man wieder in einer anderen, in der richtigen Welt war. Bret Philipps rauchte wieder seine Pfeife. »Glauben Sie nicht, dass wir jetzt ohne Probleme sind. Wir werden morgen in die Zivilisation zurückkommen und übermorgen im grellen Scheinwerferlicht der Weltöffentlichkeit stehen. Was sollen wir sagen? Wo waren wir? Wie lange waren wir überhaupt weg?«

»Nach meiner Rechnung siebzehn Wochen ...« sagte Huber. »Genau weiß ich es auch nicht.«

»Über vier Monate!« Löhres holte sich einen Klappstuhl und setzte sich. »Wat sind mer da Aufträje durch de Lappen jejangen ...«

»Und erst mein Lebensmittelgeschäft ...« sagte Heimbach. Er war der einzige, der vielleicht ganz begriff, dass er noch lebte.

»Wir können nicht vier Monate in die Irre gegangen sein!«, sagte Stricker. »Berichten wir von Urapa, sperren sie uns in die nächste Irrenanstalt. Philipps, haben Sie eine Idee?«

»Kein Wort über Urapa«, sagte Huber plötzlich. Er hatte in die Tasche gegriffen und einen Zettel hervorgezogen. Mit einer goldenen Flüssigkeit hatte Dombono die letzte Nachricht hinterlassen. »Ich lese vor.« Er trat näher an den Batteriescheinwerfer heran. Sogar er gab noch schwaches Licht.

»Es gibt kein Urapa, es gibt nichts, was ihr gesehen habt. Vergesst alles. Wer den Mund öffnet und über uns berichtet wird verflucht sein über Generationen hinaus! Vergesst uns!« Er ließ den Zettel sinken, zerriss ihn und streute die Schnipsel in das noch glimmende Feuer, wo sie sich in einer bläulichen Flamme vollends auflösten.

»Was wollen wir tun?«, fragte Philipps heiser. »Ich respektiere Dombonos Wunsch. Sie haben mich aus dem Fieberdelirium gerettet ...«

»Heimbach?«, fragte Huber ernst.

»Ich lebe! Mehr will ich nicht.«

»Löhres?«

»Mir ist Köln wichtiger.«

»Herr Kollege – und Sie?«

»Ich werde es nicht vergessen, aber ich kann mit einem Geheimnis leben.«

»Veronika?«

»Kein Wort mehr«, sagte sie und schlug die Hände vors Gesicht. Alex Huber blickte noch einmal hinüber zu den Mondbergen. Er nahm Abschied. Und er wusste, dass er diesen Ort nie mehr sah.

»Wir fahren sofort. Die Nacht ist hell genug.«

»Und was erzählen wir der Welt?«, fragte Philipps.

»Irgendetwas! Die glaubhafte Geschichte von Rebellen, die uns mitgenommen, aber dann die Nutzlosigkeit ihres Unterfangens eingesehen haben. Einigen wir uns darauf: Wir waren in einem Versteck der Rebellen am Albert-See.«

Nach einer Stunde brachen sie auf. Beim Morgengrauen erreichten sie die erste menschliche Siedlung. Philipps fuhr den Landrover, Huber folgte ihm in seinem alten Jeep.

Er saß hinter dem Lenkrad – mit einem steinernen Gesicht. Nicht zurückblicken, befahl er sich. Huber, geradeaus … nicht zurück. Es gibt kein Urapa. Reiß dich los, verdammt – Doktor Alex Huber, mach jetzt bei dir selbst einen sauberen chirurgischen Schnitt! Durchtrenne einen Teil deiner Seele …

Es war eine schöne, klare Nacht. Und Sikinika sagte zu ihrem Sohn: »Jetzt fährt er zurück und kommt nie wieder, Sikinophis. Nie mehr! Begreifst du, was das heißt: Nie mehr?«

»Ja, Mutter. Nie mehr ist wie der Tod …«

Sie saßen nebeneinander am Fenster und blickten in die Sterne. Sie hielten sich umschlungen, und der Junge blieb ganz ruhig sitzen, als sich der Kopf seiner Mutter auf seine Schulter legte.

Eine Göttin weinte …

Wer den Mund öffnet und über uns berichtet, wird verflucht sein! Vergesst uns … Wie kann man eine solche Frau vergessen?

HEINZ G. KONSALIK

Der Meister großer Unterhaltung –
brisant, spannend und immer mitreißend

43766

43767

42926

43192

GOLDMANN